犀牛大逃亡

Operation Rhino

［英］劳伦娟 著　　卢佳颖 译

浙江摄影出版社

目录

CONTENTS

1. 夏洛，跑起来！

　　"我们比比，谁跑得快。"本勒住他的新坐骑小马夏洛说道，"最后一个到山脚的人，吃完早餐要刷盘子。"

　　玛汀猛地拽住长颈鹿杰米银白色的鬃毛，让它立定。有时候玛汀怀疑，假如有一天杰米对她置之不理，径直往非洲荒原深处跑去，直到再也听不到她的召唤，那会怎么样？

毕竟，杰米不是一匹马，它不戴马勒也不套马鞍，甚至都没有受过一天训练。虽然它还小，但已经快五米高了。这意味着，坐在它肩骨间隆起处的玛汀，一不小心就会撞坏它三米长的脖子。可骑着这头白色长颈鹿是她最享受的事，在那里她感到无比安心。与杰米相遇到现在，差不多一年了。那天，玛汀被一条罕见的眼镜蛇盯上了，她绝望地颤抖着，脆弱得像一只刚孵出来的小鸟。杰米从黑暗中走出来猛地俯下身，救出了她。玛汀知道，他们之间的纽带和对彼此的信任，是任何一位骑手梦寐以求的。

"怎样？"本抬头注视着她，一副天真的表情，"杰米的腿长至少是小马的三倍，所以你可能会赢吧，但我愿意碰碰运气。"

玛汀看着本，冲他摇摇头："你真的以为我听风就是雨吗？我或许不是马类专家，但也知道我和杰米还没跨出两步，你和夏洛就已飞奔下山崖。不如我们一路比到水塘边的大槐树那儿，这样更公平。可能你们下山时会跑得更快，但至少我有机会在平地追上你们。"

他笑了起来："可以，不过有个条件。如果你输了，之后就得刷两个星期的盘子。"说着他收紧缰绳，双腿夹住小马的肚子，"准备好，坐稳了吗？咱们水塘边见咯！"

说着，本骑着夏洛慢慢跑到陡峭的山路前，一个加速消失在了崖边。

"本，等一下！"玛汀喊道，"你快到房子附近的时候，记得

穿过林子走小路。如果被外祖母逮到我们在野生动物保护区到处乱跑，她会宰了我们的。"可本已随他俊俏的小马奔跑在下山的崎岖小路上，她的声音消散在非洲大地的微风中。

夏洛是一周前本的父母给他的圣诞惊喜。本的妈妈是个印度人，她编织了一个花环和一些丝带围在夏洛的脖子上。他的爸爸是个高大英俊的祖鲁人，是一名船长。那天，本的爸爸把这匹母马牵到萨沃博纳野生动物保护区时，着实把本吓了一跳。这匹马是巴索托族的，产自非洲中部的莱索托，是强健的山地品种。当时，本正和玛汀还有玛汀的外祖母在准备一顿丰盛的午餐。他从一锅烤马铃薯中抬起头时，便瞧见一匹小马弯下身子伏在门上。即便是现在，他还是常常轻抚着夏洛红棕色的皮毛惊叹不已，不敢相信夏洛是他的了。

玛汀每次生日都能收到双份的礼物，因为她的生日在新年前夜。今年生日，外祖母送了她一双适合在灌木丛中行走的棕色皮靴、两本关于小马的书和一条马裤。裤子后面还缝制了一个特殊的垫子，这样坐在杰米身上时会更舒服。而昨天在她的生日宴上，本和他的父母还送了几条她急需的新牛仔裤。

不过对玛汀来说，最让她兴奋的，就是看到本在圣诞节早上骑着夏洛奔跑而来的神情了。尽管本几个月前才开始学骑马，但他确实是一名天生的骑手。马对本的回应，与那些野生动物对玛汀的回应如出一辙，好像他们在说着同样的语言。

夏洛将被养在玛汀房子后边的围场中，这意味着本会有更多时间待在保护区。在这之前，本已经是萨沃博纳管理员腾达伊的学徒了，正在跟着他学习动物追踪的技能。玛汀一直盼望着本能尽快骑着夏洛上路，这样当她骑着白色长颈鹿杰米的时候，本就不用和她一起挤在杰米背上（本总是开玩笑说那儿使他恐高），他们俩就可以随心所欲地探索萨沃博纳了。

"瞧你，都在想些什么。"当玛汀忍不住大声欢呼的时候，外祖母反驳道，"几周之后你不过是要开始上中学了，这并不是说你已经长大，可以在保护区到处撒野了，夜骑是绝对不可以的。想去哪里也要事先告诉我和腾达伊。别那样看着我，不行。因为你和本比任何人都明白，野生动物保护区里隐藏着多少危险。"

玛汀眺望着萨沃博纳的瑰丽景色，她想这里虽然危险，但也是地球上最美的地方。拂晓时分，薄雾如同一层镶着花边的面纱，使保护区里远处的水塘、每一片树林、每一个山谷都笼罩在神秘之中。当一轮火红的朝阳被托举上地平线时，水牛、斑马、羚羊缓缓地步入平原。随后，清晨洗完澡的大象拖着还在滴水的长鼻子款款而至。

　　金钱豹退居在神秘谷漆黑的洞穴里，在瞌睡中度过白天，直到晚上才出来觅食。在野外，一群大腹便便的狮子坐在高地上，等候太阳把它们黄褐色的肚皮晒暖。只要不摔下来，玛汀在杰米高高的背上绝对安全，而骑马的本就没有这么稳当了。所以，他们远离外祖母所说的食肉动物区域，免得无意中成了它们的早餐。

黎明阅兵式中，最美的部分就是野生动物们的合唱音乐会了，超过三十种不同的鸟儿为新的一天唱起赞歌。腾达伊教玛汀识别过几种鸟儿，其中最好认的是知更鸟，它们常常在清晨五点不到就发出第一声啼叫。但她的最爱是咕咕低吟的鸽子和嗓音清亮的画眉。在这些歌手中，捕蝇鸟、刺嘴莺、夜莺与绣眼鸟是伴唱歌手，而男高音蕉鹃和咬鹃，还有歌声动听的伯劳和哨音阵阵的布谷鸟是大明星。

听着鸟儿的合唱，玛汀想象它们正在为她与本的赛跑配乐。这时，杰米开始用脚刨地准备追赶夏洛，这陌生的一对瞬间变成了朋友。

"杰米，我可全指望你了。"玛汀对长颈鹿说，"我讨厌洗餐盘，我可不想接下来两周被困在那里洗洗刷刷。"

长颈鹿热情洋溢地回应着，玛汀猛地抱住它的脖子才没有翻下去。到了满是碎石的下坡道，杰米放慢脚步，变得笨拙起来，它瘦长的竹竿腿犹犹豫豫地向前探着步子。玛汀身体向后倾斜，以减轻落在它肩上的重量，仅靠双腿紧紧贴住它。不出所料，本已经到达山下的

平地上了。夏洛飞奔着，它腾跃的马蹄下扬起一片尘土。

　　玛汀焦急地跟在他们后面，她不敢催促杰米，就怕一步踏空前功尽弃。等她和杰米到达平地时，本和小马已经消失不见了。

　　杰米和玛汀一样，也想追上他们。玛汀刚把腿贴到它两侧，它就一跃而起，从零速度加快到每小时五十公里，玛汀屏住了呼吸。她像赛马的骑师一般蹲伏向前，尽量不去想远在脚下那一闪而过的坚硬土地。

　　长颈鹿只会两种步伐——散步和疾驰。对玛汀来说，杰米的疾驰就是赛马的速度。它大踏步前行，很快就缩短了玛汀和本之间的距离。他们越来越快，风在玛汀耳边呼啸而过，她觉得骑上了一匹

飞马。玛汀和杰米所经之处，水牛逃逸、斑马散开、跳羚腾跃，景象十分壮观。

玛汀感觉自由得要飞上天空了。不久前，她还觉得自己再也快乐不起来了。去年的新年前夜是她过得最悲惨的一个生日。她在英国的家遭遇了大火，爸爸妈妈都被大火吞噬了，抛下她一个人在这个世界上。接下来的几个月里，玛汀备受煎熬，恨不得自己也一起死去。搬到南非东开普省后，她和素未谋面的外祖母住在一起，但情况久久没有好转。

起初，她感到十分孤独，夜夜以泪洗面，每晚都是哭着睡着的，支撑她活下去的只有回忆。直到她遇见了白色长颈鹿杰米，才重新找回了快乐和勇气，是杰米挽救了玛汀。在某种意义上，也可以说他们拯救了彼此，因为后来玛汀从偷猎人手里救出了这头白色长颈鹿。

不仅仅是杰米，和本的友谊也抚慰了她，还有时间、阳光和一连串小小的奇迹，比如她最喜欢的"逃之夭夭"乐队的音乐。乐

队主唱小的时候失去了他的父亲，每当听到他唱的《给父亲的歌》，玛汀就觉得他们心灵相通。

同样重要的是玛汀和外祖母之间的关系。外祖母一开始冷漠严厉，主要是因为失去玛汀的母亲让她太悲伤了。可最终事实证明，她是谁都想拥有的、世界上最富有爱心的外祖母。

另一根救命稻草是格蕾丝——腾达伊的姨妈，一位传统医术治疗师，人称"巫医"。玛汀到非洲才几个小时，格蕾丝就说她拥有一种神秘的天赋。她知道，那种天赋已经塑造了玛汀的命运，并会持续久远直到未来。那是一种神奇的天赋，但要付出高昂的代价。过去一年来，本陪玛汀经历了每一次探险，她的天赋带来多少喜悦，就会带来多少恐惧。

飞奔着穿越萨沃博纳的壮丽平原，使玛汀感受到了和以往一样的快乐。然而在她心灵深处有一个洞，那里住着她的父母。还好痛苦一天一天在减少，她也一点一点变得坚强。

"加油，杰米，"她紧紧抓住它的鬃毛催促道，"你能跑得更快！"

长颈鹿轰隆隆地驶过平地，它闪着微光的白色外衣和略带肉桂色的斑块成为一道亮丽的风景。他们要追上本和夏洛了，很近了，已经能听到小马连珠炮似的马蹄声了。水塘映入眼帘，山路在眼前分岔，可是本跑上了通向外祖母花园的路。

太迟了，玛汀提醒过本走左边穿过树林的那条路。通向水塘的另一边有一片高栅栏，只有那儿能避开外祖母一尘不染的前花园。

"本，不要！"

晚了，他已经往右边去了。

玛汀突然要面临一个选择——放弃比赛、洗两周餐盘，或者冒险招致外祖母的愤怒。她决定冒个险赌一把。

她压了压左腿，驱使长颈鹿冲向巴索托小马。又追了两三步，杰米就超过了夏洛，玛汀转过头对着本露齿一笑。再朝前看时，她和杰米离香槐树很近了，树皮上的凹槽清晰可见，她稳操胜券了。

这时，她向屋子那边一瞥，心脏差点停止了跳动。那站在芒果树下的不是腾达伊吗？如果他告诉外祖母怎么办？接下来这十年她都别想再骑杰米了。可她再往芒果树下看的时候，那儿又没人了。

这边，夏洛还没有丧失斗志，它虽然汗流浃背，但享受着每一秒。它向前疾驰，双耳平贴着脑袋，红彤彤的鼻孔就要向杰米的银色鼻孔看齐了。小马和长颈鹿赛跑起来旗鼓相当，香槐树干一晃而过。

"拍照才能定名次。"本嬉笑着，小马喘着粗气停了下来。他弯下腰给马松开肚带，然后说道："太接近了，难定胜负，尽管非常确信我和夏洛险胜一根胡须的距离。"

"你想得美！"玛汀反驳道，"杰

米至少胜出一个鼻子那么多。"

　　他们一边笑着嘲讽对方，一边经过水塘朝花园大门走去。本通常是少言寡语的，而他现在兴高采烈地絮叨着："你看见夏洛奔跑的样子了吗？是不是很惊艳？我知道它才属于我几天，但我相信整个南非一定找不出比它更出色的小马了。它吃苦耐劳，反应敏捷，跑起来又快如闪电……"

　　看着本热情洋溢的样子，玛汀笑了。她完全能够理解本的感受，因为她对杰米也是这样。日子一天天过去，她对杰米的喜爱也与日俱增。

　　本说到一半顿住了："玛汀，快看！新鲜的犀牛脚印，最多也就一两个小时，我们一定是刚错过它们。"

有两头白犀牛刚来到萨沃博纳不久，它们是从莫桑比克边境的自然保护区转移过来的，那里偷猎猖獗。运来的那天，玛汀在本家里。她只见过一次，当时它们远远地被半掩在树后。它们奇特的长相让人难以相信它们属于这个真实的世界。

玛汀不确定她对犀牛是什么感觉。她对拯救和保护所有的野生动物抱有热忱，但犀牛并不讨人喜欢。黑犀牛以坏脾气著称，白犀牛近视又笨拙，两种犀牛看起来都像是套着副盔甲。玛汀个人以为，如果说犀牛有性格的话，那便是深藏不露。与之相比，长颈鹿简直算是完美。

他们到了花园门口，杰米屈腿蹲到地上让玛汀下来，否则她该备把梯子了！她打开门，伸手去拿事先放在那里的袋子，里头有胡萝卜、苹果、洋葱。正当夏洛在本的口袋里狂啃两个苹果和几片宝路薄荷糖时，杰米嘎吱嘎吱地嚼着五根胡萝卜和四个洋葱，汁水顺着它的下巴流淌下来，它陶醉地闭上了眼睛。

玛汀心满意足地松了口气："又是生活在天堂里的一天啊！"

直到腾达伊站到了玛汀和本面前，他们才看见他。那有力的双臂交叉在胸前，黝黑的脸庞犹如一朵乌云，面颊上的疤痕突出得像道闪电。

即使他不开口，玛汀也知道他要说什么。她在心里嘀咕，不用纠结刷餐盘的活了，她和本要去做萨沃博纳最重的杂活了，而且至少干上十年。

原来住在天堂也有问题，那就是麻烦往往接踵而来。

2.黑犀牛遇害

"腾达伊，我们只是在玩儿，我保证我们再也不会了，只是你别告诉我外祖母，求求你了。"玛汀不停地恳求。

"告诉我什么？"外祖母问道。她从厨房里探出身来，穿着一件有疣猪图案的围裙，上面沾满了面粉。随之飘来的是混合着法式吐司、焦糖炸香蕉、家养蘑菇和番茄的香气。"今天早上，有什么新鲜事要报告的？夏洛和杰米相处得怎么样？你们觉得它们会成为朋友吗？进来吧，早餐时都告诉我，不然吃的要凉了。腾达伊，一会儿见，别忘了路过兽医那里时，捎带些给黑斑羚治眼痛的药膏。"

腾达伊看了孩子们一眼，仿佛告诉他们：一会儿再说，我记着呢。他跳进了路虎车，重重地轰了一下油门，颠簸着开下了车道。玛汀和本如释重负地舒了一口气。他们只是脱掉靴子，到厨房水槽洗洗手，就匆忙进了餐厅。法式的餐厅门是开向花园的，阳光洒落在白色桌布上，如同流淌的蜂蜜液。

两只猫咪——勇士和谢尔比，蹲在桌边，满怀着对美食的期待。

外祖母严厉的外表下隐藏了一丝温柔，没多久她就心软了，给它们倒了一碟泽西奶油。玛汀瞧着它们欢天喜地的表情，笑了起来。

她把对腾达伊告状的担心抛在脑后，转而专心地开始挑选起美食：是选头盘菜——新鲜柴鸡蛋煎蘑菇、番茄，还是选甜点——法式吐司和抹上少量奶油的炸香蕉呢？差点忘了，还有鲜榨的木瓜汁。前一天的生日宴后，玛汀吃撑了，发誓再也不吃东西了，可现在她惊奇地发现，吃掉这顿新年早餐简直是小菜一碟。

她决定要让外祖母保持好心情，于是不停地说啊说。大快朵颐的间歇，她给外祖母描绘了山崖上的日出，讲述了本在水塘边发现的犀牛脚印。

"听到犀牛活得好好的真不错。"外祖母说，"打来电话订票参加今晚'星星点点'旅行活动的参观者，似乎对'非洲五霸'（大象、狮子、豹、水牛、犀牛）很是着迷，我们新来的犀牛更是名列榜首。当然我尽力解释，数以百计的非洲动物中有些和'非洲五霸'一样奇特，白色长颈鹿也可以算一种，但说了没用。"

"也许您该告诉他们，那几种动物被称作'非洲五霸'的真实原因。"玛汀建议。

"是因为狩猎者认为它们是最狡猾、最危险的动物吗？对，我很想那样说，但我又提醒自己，来参观动物保护区的人，一定是对野生动物感兴趣的。我们的职责，是尽我们所能地启示和教育他们去爱护和欣赏所有的物种，无论大小。"

本微笑了："如果您愿意，我可以告诉那些游客，所谓的'非洲五霸'其实是蚁狮、象鼩、牛文鸟、豹纹龟和犀甲虫。"

"哦，我可喜欢象鼩了。"玛汀说，"它们长着象鼻似的弯弯的长鼻子，大概是我见过的最娇小可爱的动物了。"

外祖母又在他们的杯子里添满了木瓜汁。"你们呐，今晚有大把的机会使非洲生物变得更富诗意。我们的参观和烧烤活动已经卖出十八张票了，到时候就靠你们二位倾囊相助啦。这会是一个令人愉快的夜晚，我们还有些重要嘉宾要来，其中有些可说是世界名人。"

"世界名人！"玛汀兴奋得从椅子上弹了起来，"是谁？谁要来？"

外祖母停顿了一下："一个字也不能说，否则会破坏惊喜的。"

"噢，不要这样。离晚上还有好几个小时，我会忍受不了的。"

"有期待才会有更多惊喜……"

"能给我们一点暗示吗？"

此时，一辆车呼啸着上了车道，打断了他

们的讨论。随着车门关上时"砰"的一声，他们听到了保护区看守人低沉而急切的声音。外祖母皱了皱眉："奇怪，我以为腾达伊急着赶去风暴十字路口镇了，他一定是落了什么东西。"

玛汀嘴里味同嚼蜡，很可能是腾达伊改变想法了，他决定告诉外祖母关于他们赛跑的事。透过法式花园门，她能看见杰米撑开双腿、皱着银色的鼻子正在水塘饮水。假如禁止她骑长颈鹿的话，她会崩溃的。她瞄了一眼本，他也一脸忧心忡忡的样子。

腾达伊抓着帽子冲进了房间："托马斯太太，对不起打扰一下，有个消息刚传出，您有必要关注一下。"

玛汀对极有可能降临在她和本身上的惩罚全神贯注。刚才，她还以为那惩罚已经漫不经心地消散在今早的新鲜事里了。当电视屏幕闪烁起来时，她甚至盼着见到白色长颈鹿和巴索托小马疾驰过保护区的影子。然而，电视新闻女主持播报的是：三头黑犀牛于今天早间在位于东开普省的豹岩野生动物保护区遭到偷猎者残杀。

外祖母惊呆了："是我们的邻居！"

"这是一次野蛮残暴的袭击，致使一名看守伤势严重。今年南非的犀牛死亡数量上升至1215头。动物保护组织最近针对濒临灭绝物种的暴行发出警报。据慈善机构'为非洲野生动物而战'的会长马吕斯·戈斯博士称，偷猎犀牛的行为呈现蔓延之势。"

摄像机摇向了戈斯博士，他在玻璃合金的演播室里穿着卡其色的衣服，看起来很扎眼，晒黑的脸上凝聚着怒气。他举起一个小瓶："这个瓶子里装有犀牛角粉末，是由一种叫角蛋白的物质构成的，与人的指甲没有区别，而它的价格比黄金还贵。犯罪团伙正以一千克六点五万美元的售价贩卖，以此满足来自亚洲市场的需求。很多人相信它是种神奇的特效药，从癌症、发烧到血液病都能治愈。关键在于人们相信它有魔力。这个东西——"他摇了摇瓶子，"不过和剪下的脚趾甲同等价值。它只对地球上的一种生物——犀牛而言是珍贵的，那本是属于它们的。"

他倾身向前，直接凝视镜头。对玛汀来说，他好像很有吸引力："让我说明一点，如果我们不同心协力中断这样可怕的贸易，这些经历了五千万年的进化存活下来的动物，可能在五年之内就灭绝了。"

关掉电视，一片沉闷的寂静随之而来。屋外，一堆乌云使天空暗沉下来。

外祖母缓缓站起身来："豹岩保护区离这里最多两公里。偷猎者可能还在这一带。接下去如何阻止他们把萨沃博纳作为攻击目标呢？不用在乎花费，腾达伊，我们需要尽快展开对犀牛的巡逻。"

"我会立即着手布置，托马斯太太。我认识一个不错的人，如果他有空，下周就可以开始。"

"那可能太迟了，我希望从今晚开始就对犀牛进行全天候的守护。问下萨姆森，他愿不愿意第一个值守。他岁数大了点儿，但他有经验，还有支猎枪。腾达伊，你觉得呢？"

"可以，托马斯太太。"

"别忘了我们是在对付犯罪分子，他们会不惜一切拿到想要的，哪怕是伤害妨碍他们的人。不只是犀牛处于危险中，我们也需要保持格外的警惕，包括你们，玛汀和本。"

玛汀几乎没听见，她的胃都扭成一团了。她大概宁愿腾达伊回来告诉外祖母的是她和本赛跑的事。外祖母给予的任何处罚都会比这更好——她所钟爱的动物们又一次受到了威胁。

她回想起在萨沃博纳的神秘谷里，有古时闪族人的山洞壁画，那个地方只有她、本和巫医格蕾丝知道。是格蕾丝第一个指给玛汀看，她的未来记载在山洞岩壁上。最近，壁画揭示了一些其他内容：她与本的生活注定密切相关。他们共享命运、共担使命：去拯救和医治野生动物。

但一周前，一块砸落的岩石封住了山洞。壁画已经交出了它们最后的秘密。现在，如果偷猎者把视线转向萨沃博纳，玛汀和本将会是两眼一抹黑。

3. "星星点点" 旅行团

　　直升机降落在外祖母家门前的草坪上。此时，玛汀才明白某些非同寻常的事情将要发生了，感觉不那么真实，但又叫人相当期待。

直升机红闪闪的舱门打开后，五名乘客从草絮碎屑的旋涡中走出来，腰弯得很低以避开螺旋桨叶。外祖母说了些什么，可是在引擎震耳欲聋的"嗖嗖"声中，玛汀没听清。喧闹声中，她提高了嗓门："抱歉，您说什么？"

　　"我听不见！"外祖母用手窝起一只耳朵喊道。螺旋桨最后"唰"地重重挥动了一下，尘土溅到了玛汀的眼睛里，她一下子什么也看不见了。

　　"难以置信，"本怀疑地说道，"玛汀，看那是谁！"

　　"要是我可以，我会看的。"玛汀喃喃着，眼睛直流泪。她用拳头揉了揉眼，终于能看出一些模糊的身影。她外祖母、腾达伊和本，还有他们正在迎接的来访者——一位银发先生、一位年轻女士和三个少年，貌似有些眼熟。

　　脚步声近了，外祖母说："玛汀，来认识下这位吧。"

　　玛汀猫头鹰般机警地眨眨眼，她面前的男孩映入眼帘。他大概十五岁，穿着一件黑色紧身T恤衫、一条蓝色破洞牛仔裤，很配他那双灰蓝色的眼睛。他的发型已让全世界成千上万的男生复制过了，甚至不少女生也是这样的发型。她隐约意识到外祖母正在介绍他，但没有必要嘛，他的脸她再熟悉不过了。

玛汀张嘴想说些什么，发出的却是小得只有她自己才能听见的声音。

杰登·卢卡斯早已习惯了粉丝们哑口无言的崇拜状，老练地露出一个干净的笑容，紧握住她的手："很开心认识你。"

为了缓解玛汀的尴尬，外祖母欢快地说起："我的外孙女可是你的大粉丝，杰登，她卧室墙上有你们乐队的海报。如果你今晚能抽出点时间，请劳驾为她签个名可以吗？"

他点头回应，举止间流露出迷人的风采。

玛汀结结巴巴道："杰登，我……呃，很荣幸见到你。我……我喜欢你的音乐。"

她真正想说的是杰登的歌声和歌词，帮助她度过了父母离去后那些可怕的日子，那时她认为自己无依无靠、孤苦伶仃。但她没说出口，因为他的目光已经离开她的肩膀。他看起来累了，也可能是烦了。

"玛汀有一种特别的天赋。"托马斯太太还在讲，"其实她有好几种天赋，其中一种是骑长颈鹿。"

这终于引起了杰登的关注。他用蓝色的

眼睛注视着她："真的吗，你会骑长颈鹿？也许你可以给我做一个示范——"

一个黑影向他们走来。玛汀捕捉到一丝古龙水的香味，是位皮肤晒得乌黑发亮的先生，他猛地拍了拍杰登的肩膀。她认出这是杰登的经纪人德克·卡斯韦尔。"打扰了，各位。介意给我个机会借我们的明星拍个照吗？托马斯太太，麻烦你一起合个影吧。关于今晚的行程我有些问题想问你。"

玛汀还没来得及喘口气，公关女士蒂芙尼就踩着高度惊人的高跟鞋走过来，和她一起的是杰登的乐队成员们——鼓手利亚姆·斯科特，他顶着一头又硬又直的金色短发；吉他手拉克伦·艾弗里，额前留着一绺古怪的栗色头发。他们与杰登一起组建了"逃之夭夭"乐队——全球最火的男子乐队之一。有一次，玛汀听说他们要在开普敦举办音乐会，就求外祖母让她去，但被直截了当地拒绝了，理由是音乐会太贵、太远、太吵了。

"你现在可以合上嘴了。"本取笑道。蒂芙尼和男孩们正在朝房子的方向走去。

"哦，我的天，"玛汀说，"我产生幻觉了吗？杰登·卢卡斯刚刚让我给他做个示范，骑杰米是吗？"

"那只是因为他不知道你那头著名的白色长颈鹿，今天早上被一匹卑微的巴索托小马打败了。"

"你做梦吧！"玛汀嗤之以鼻，"以为杰登会相信腿短而粗的小马跑得过光滑而壮美的——"

　　"我怀疑，他除了关心头上的每一根发丝是否服帖外，不会关心任何事。你都可以用他抹在头上的发油开动一辆拖拉机了。"

　　"那是发蜡，"玛汀说，"你不懂，除非——"

　　话说到一半，一辆饰有凤头鹦鹉卡通图案的阿斯顿·马丁露营车和一辆窗户漆黑的大型黑色越野车慢慢停下来。当他们还在浪费时间为小事争吵时，兴致勃勃的人们已经纷至沓来。玛汀最爱的乐队正受到人们的款待，而这些人不可能像她那么欣赏乐队。

　　"不如晚点再说吧？"她建议。

　　本咧嘴笑笑："奉陪到底。"

　　他们笑着走过草坪，到达房子后放慢了脚步。车道上，人们正在往旅行车上装载今晚的烧烤食物。参观者们已聚集在长廊上，那里的桌子上已经摆放好了饮料和零食。刚到的是一对中国夫妇——

陈先生和他太太，他们长得矮胖圆润。他们穿着旅行服，戴着墨镜，点头微笑，静静地站着。

那辆露营车是五位澳大利亚冲浪者的，他们带着阳光般灿烂的笑容，拥有被海盐漂白的秀发。他们的出现让现场的气氛一下子活跃起来。在场的还有约翰逊夫妇，他们都是医生，来自英格兰柴郡，以及两位比利时商人拉尔斯和科比。

当本去找汽水时，玛汀傻傻地倚在墙边，偷偷瞄了瞄"逃之夭夭"的乐队少年们。利亚姆、拉克伦在和澳大利亚人合影摆造型，杰登却不见踪影。

她正纠结要不要悄悄上楼去取海报，等发现杰登了好请他签名，就发现他和他的经纪人正站在离房子有段距离的芒果树下。看上去，他们正在争吵。

本再次露面时，拿着两杯冒着气泡的红葡萄汁，里面配有树莓，杯口插上了印有斑马条纹的吸管。附近，比利时人正与两位医生相谈甚欢。

"我们在做手机生意，"拉尔斯说，"但那不是我们真正热爱的。"

"那你们热爱的是什么呢？"约翰·约翰逊问道。

拉尔斯绽开笑容："或许你们不赞成，我们热衷于狩猎。"他高兴地举起双手，"在欧洲的家里我们有许多战利品。最近在罗马尼亚的特兰西瓦尼亚，我自己打了一头棕熊。"

玛汀强忍着惊恐。

"你怎么下得了手？"奥莉维亚·约翰逊叫起来，"是什么给你权力窃取一个如此美丽的生命？"

"拜托女士，不要难过。这种熊在罗马尼亚和欧洲大陆的其他地方很常见，它们不是濒危物种。我们以前从来没见过非洲的野生动物，这次要把注意力放在'非洲五霸'上。别担心，我们只买得起一头水牛的狩猎许可证。豹或大象都不行，想要犀牛头，那得中彩票。"

"要么抢银行。"科比开玩笑地说。

玛汀怒气冲冲地准备发作，本警惕地拉住她的胳膊："别忘了外祖母说的，不是每个来到萨沃博纳的人都关爱野生动物。让他们看到自身所缺失的，得靠我们。"

她知道他是对的，说教不可能改变猎人的想法。她和本唯一能做的就是让游客们通过体验非洲野生动物最原始的一面，引发他们的思考。"非洲丛林是种灵药，"格蕾丝喜欢这样描述，"一旦融入血液，你将永生难忘。"

玛汀相信野生动物也是如此。如果有机会深情注视一头狮子或大象的眼睛，望一望雄踞其中那壮美而原始的灵魂，很少会有人不为所动。

像是为了证明本的观点——鲜为人知的动物有特别之处，托马斯太太从屋里出来时，肩上坐了一只夜猴。它长着一对老鼠耳朵，睁大眼睛看着大家。托马斯太太向大家介绍，它叫艾科，是萨姆森人工饲养的夜猴宝宝，住在萨沃博纳的小型野生动物医院里。它生性好奇，双眼含情脉脉。

如果听之任之，它会偷偷溜进厨房，把爪子伸向任何它可以吃的东西，从果酱到对虾全部吃得干干净净。

有人用小匙轻敲玻璃杯口，喧闹声渐渐停了下来。

杰登重新融入人群中，但明显一副焦虑不安的样子。在长廊的对面，经纪人德克·卡斯韦尔笑容僵硬。

"热烈欢迎大家参加'星星点点'旅行团。顾名思义，称作'星星'，是因为一会儿各位将在繁星下用餐；叫'点点'呢，是因为今天你们将要认识的动物中有一些是带斑纹的。

"许多人已经向我们表达了观看'非洲五霸'的兴趣，就是狮子、豹、大象、水牛，当然还有犀牛。在萨沃博纳野生动物保护区，我们深爱着各种各样的动物，我们会尽力让大家知道，为什么其他动物也很重要。我们也希望，野生动物可以来去自由。如果今晚它们选择躲在灌木丛中，而没有四脚朝天地打滚儿，好让你们拍下可爱的照片给朋友看，那么请不要失望哦。"

所有人都乐了。

"别担心，我们的导游是业界最棒的。接下来的几个小时，我们将向大家讲解，为什么我们对保护野生动物满怀热忱。它们对人类一无所求，我们也不应该干涉它们漫步的自由、享用美食的自由，更不用说如我们一样爱护自己家人的自由。"

托马斯太太递给艾科一颗葡萄，随后她欣喜地叫起来："如果我没听错的话，我们最后的客人到了。"

拐角处走来一位打扮精致的女士，长廊上的闲聊戛然而止，就像有人关了收音机似的。她穿着一条翠绿的长袖丝绸旗袍，裙裾内罩着随身摆动的白色丝绸裤子。她四肢纤细如小鹿，光亮的黑发紧裹着脸颊，轻盈地走上长廊台阶。

一名皮肤蜡黄的男子，突然脱掉衬衣，步履蹒跚地跟随在她后面，还重重地拄着拐棍。"美女与野兽"这个词浮现在玛汀脑海中。

托马斯太太热情地迎接他们，然后转向看得出神的游客："请和我一起欢迎这两位来到萨沃博纳的贵宾——阮安和她的叔叔黄先生，阮安是越南最受尊敬的芭蕾舞女演员。既然人都到齐了，我们的旅行就开始吧，请各位上车。"

"繁星之下有明星，"本对玛汀窃窃私语，"这该是一个值得纪念的夜晚，希望一切皆为正义而来。"

4. 参观犀牛

"我们要死了吗？"利亚姆问道。他一把抓住扶手，只见一头年轻公象冲向路虎车。腾达伊死踩刹车，终于在离它不到一米时停了下来。这头野兽周围翻滚起的尘土，把自己笼罩在土黄色的烟雾里。它叫卡托，站在夕阳余晖中使劲扇着耳朵。

"别这么软弱，"拉克伦说，他正用手机拍下这一幕，"我们是在一辆坚固的大车上。它要干什么？把我们推倒，还是想爬到车顶上压扁我们？"蒂芙尼脸色苍白："不要吧，我现在就可以预见头条——《'逃之夭夭'乐队明星遭巨象攻击》。"

　　玛汀紧紧贴着座位，腾达伊尽可能地制造噪音——加大油门，"砰砰"关车门。他一边大声呵斥卡托，一边在慢慢倒挡掉头。玛汀没有告诉利亚姆，他完全有理由害怕。卡托是一头十几岁的公象，它性格叛逆，近几个月里变得越发傲慢。不管什么时候看见这辆路虎车，它都要做出强烈的反应。管理员有好几次尽力摆脱它才死里逃生。她想，最好不要跟车上的人说，卡托完全有能力让汽车翻个个儿，甚至压扁车身，还能要了他们的命。有时无知也是福气，尤其是在卡托竭尽所能吓唬他们之后。

　　"我刚才是开玩笑的，"危险解除后，利亚姆假装平静道，"我当然知道它只是在玩游戏，善意的肾上腺素涌动嘛。不过，对我们网站来说是好事。嘿，你说呢，蒂芙尼？"

　　蒂芙尼神经质地"咯咯"笑了起来。她有一份理想的职业，可也不好做：要使精力充沛又难伺候的少年巨星避开麻烦、八卦小报，还要全天二十四小时待命。早些时候，托马斯太太接到门卫的电话，说是挤满两辆车的乐队歌迷设法贿赂他，好让他们进保护区。一些女歌迷被拒绝后变得歇斯底里，他差点儿就叫警察了。

　　"如果那头大象使游客受到惊吓的话，你外祖母或许该把它处理掉。"德克·卡斯韦尔没好气地说道。

　　玛汀掩饰住怒气。在候车时，她无意中听到杰登低声对他的经纪人说："你需要趁早搞定你的那堆破事，德克。如果你搞不定，我来。"

　　"留点神吧，小子，"卡斯韦尔警告他，"你的名气快到头了。"

她不知道是什么加剧了他们的争吵，不过她很确定那是卡斯韦尔的错。他怎么敢那样威胁杰登？他不是一个男生乐队经纪人的角色吗？他理应保护他年轻的队员，而不是欺负他们呀。

　　"卡托只是无人管教，因为象群中没有年长的公象使它安分。"玛汀马上强颜欢笑地说，"它需要一位家长，一个父亲的形象，教它如何尊重别人。"

　　卡斯韦尔大笑道："小伙子你们听到了吗？当年轻的公象们发疯失常时，需要一位家长来教它们如何尊重别人。"

　　接着引来利亚姆和拉克伦一连串的戏弄逗趣。不管她对德克怎么看，显然这两位乐队成员和他的关系还不错，唯独杰登保持沉默。

　　玛汀很高兴本坐在第二辆路虎车上，这样他可以协助新任管理员托马斯为游客解答问题，也意味着她可以避开本骨碌碌直打转的眼睛，好好研究她的偶像了。"怎么不问问你偶像，他能不能如上帝一般在水上行走？"本在屋里就取笑过她了。

从保护区兜风开始，这位年轻的歌手就显得拘谨而紧张。他鬈曲的深色头发披在黑色 T 恤的领子上，更多时候是在翻看苹果手机而不是观察窗外的野生动物。腾达伊踩了下刹车，给疣猪一家子让路。令玛汀惊讶的是，看到长毛猪仔，杰登突然大笑起来。

"它们好丑，不过还挺可爱的！"他说着，野猪们排成一路纵队，蹦蹦跳跳地走了，尾巴像一根根天线指向天空。

之后，他才放松下来。火焰般燃烧的晚霞和祥和安宁的丛林对他施展出魔力，而玛汀每天都乐享其中。他在敬畏中凝视着猎豹，它们如帝王般端坐在平原的蚁冢之上。一头狮子出乎意料地吼叫起来，欣喜地颤抖了一下。与其他游客不同，杰登和奥莉维亚·约翰逊对那些鲜为人知的动物发生了浓厚的兴趣。腾达伊指给他们看晃着蓝色脑袋的珍珠鸡、两只光亮的金龟子，还有正在搜寻眼镜蛇的獴。

腾达伊的无线电设备"噼啪"直响，他一边对着它讲话，一

边在下一条辅路处右转。他们一路颠簸，开到了一座桥上。熄火后，腾达伊把手指竖在唇边并指了指。所有游客立刻转过头去，顿时发出一阵衣服的"沙沙"声和皮座椅的"吱吱"声。两头犀牛从一片树丛里望着他们。

"认识一下斯巴达和克利奥吧。"腾达伊骄傲地介绍。

玛汀向前俯身，越过蒂芙尼和陈先生一家看过去。斯巴达和克

利奥都是白犀牛，很容易辨认，因为它们长着一张吃草的大嘴。而黑犀牛的嘴略小，尖尖的适合啃咬灌木丛。

腾达伊解释道，十九世纪荷兰移民第一次在南非邂逅犀牛，把它们唤作魏特（weit），宽阔的意思。英国人错听成怀特（white），意为白色，"白犀牛"的标签就此贴上，尽管两种犀牛实际上都是

灰色的。另一个主要区别在于性格，黑犀牛好斗，容易发怒，白犀牛则温顺很多。

"这些白犀牛看起来像穿着一身盔甲，有如国王的骑士，"奥莉维亚·约翰逊说，"难怪它们会遭到偷猎，我无法想象它们可以跑得飞快。"

"那你错了，"腾达伊说，"全力冲刺的话，一头犀牛能达到每小时五十五公里的速度，虽然没有跳羚快，但也比赛马快。跳羚的时速可以达到一百公里，它和猎豹是灌木丛区的法拉利呢。"

"犀牛可以跑过赛马？"

"理论上讲是这样的，但只能超一小段。它们也能比顶级的马球小型马更快地改变方向。还没有管理员接近过犀牛，除非一开始就确定要爬哪棵树逃生。白犀牛体重超过五吨，你们肯定不想被它踩到。"

"或许那就是为什么犀牛的集合名词有'一声巨响'的意思吧。"玛汀说完，大家哄堂大笑，包括杰登，于是她害羞地脸红起来。

"它们也很聪明。"腾达伊继续，"当一头犀牛在树下睡觉时，它总是使自己的脊柱和树枝对齐，这样树木就在它身上投下了最大面积的阴影。远远望去，很难被人发现。"

"可惜还不够隐蔽，"约翰·约翰逊说，"我们听了新闻报道中邻近保护区里那些犀牛的遭遇。你们如何保护这些犀牛的安全呢？如果砍掉它们的角，会不会更安全些？"

"不会的，这对每个保护区来说，都是一次昂贵而危险的手术。

况且它无济于事，更糟的是会让犀牛残疾。对犀牛来说，角不仅仅是防卫的武器，它还有很多用途。犀牛用它来掘球茎、挖白蚁、翻转木柴、勾下树枝，或脱去树皮。角对犀牛的重要性等同于你的双手。此外，一名偷猎者不会只因为没有角而放过一头犀牛。他会杀死它，这样就不用浪费时间再跟踪它一个晚上；有时在刺杀它之后，还会砍掉它头盖骨下面的一段角，那时犀牛常常还没死。"

"要不给购买的人下毒？"利亚姆夸张地建议，"如果给犀牛角注入砒霜或氰化物，将很快阻止人们做出买去治疗癌症或治愈拇囊炎之类的疯狂举动吧。"

"那样是违法的。"陈先生哭笑不得，离开房子以来他头一次开口，"一个病人使用犀牛角，是由于这是他们痊愈的唯一希望。如果因此反而病得更重或死去，就太可怕了。"

玛汀不解地注视着他。虽然到目前为止，陈先生和太太在游览中一路微笑点头，可他们看起来很难亲近，而且目光呆滞，一副身在曹营心在汉的样子。直到他们看见了犀牛，才算是完全清醒过来。

"如果世上有人愚蠢迷信到相信和指甲无异的东西能治好癌症，那么有众多争抢着从中捞钱的人也就不足为奇了。"冲浪者米克说，"两三个犀牛角能让我冲浪休闲好多年了。我可以辞去工作，住到海边去。"

"哇哦，快活的日子哟！"他的同伴笑道，"别诱惑我啊。"

腾达伊的脸抽动了一下，他当他们什么都没说过，继续道："给犀牛角下毒是违法的。"他告诉利亚姆，"如陈先生所说，如果有人身亡了，我们会遭到起诉，哪怕他们吞下的是从一个狩猎犯法的国家获得的犀牛角。我们能为犀牛做的最好的事，是让人们相信这些生灵值得救助。"

"那就是你的问题了。"经纪人卡斯韦尔说，"犀牛既不像花豹那样惊艳炫目，又不如熊猫或狮崽子那样憨态可掬，不足以引起人们的关心。"

商人科比一拍膝盖："说的是啊，它们不讨人喜欢。"

"那只是因为你们不认识或不了解它们。"腾达伊说，"你们或其他人如果想要跟我来近距离看看这些犀牛，将很快发现世界上不会有更值得保护的动物了。犀牛非常独特，我可以证明。"

他用挑战的眼神凝视着经纪人。此时，德克端起他的照相机，

将长镜头瞄准斯巴达和克利奥。腾达伊把目光转向了乐队成员："有哪位小伙子想一起来吗？你们绝对想不到，这或许是会改变一生的体验。"

蒂芙尼吓坏了："我们的保险公司会大发雷霆的。如果乐队男生遭到重达五吨的犀牛横冲直撞的攻击，他们是绝不会赔付的。即使小伙子们仅仅受了皮外伤，那也会是灾难性的。他们漂亮的脸庞和身型都是他们的财富。"

"我们的音乐呢？"杰登挖苦问道，"那有价值吗？"

"噢有的，也是为你们的颜值和举止加分的。"

利亚姆用手指将了将他细细的金色发丝，拉克伦一副抗议的样子。但德克同意蒂芙尼的说法后，他们很快就让步了。杰登缄默不言，又拿起手机，闷闷不乐地查看起短信。玛汀对他的看法急转直下，还是本说得对，他不过是个养尊处优被宠坏的小屁孩而已。

"我们跟你一起去，腾达伊。"约翰逊夫妇坚定地说。他们拿起相机，从路虎车的高靠背上费力地爬下来。

玛汀站起来说："我也去。"

腾达伊坐到另一辆车上，并重复他的提议。他们的队伍加入了本、一对冲浪者，令人诧异的是还有芭蕾舞女演员阮安。她不合时宜地穿了一身越南传统奥黛裙。

腾达伊把步枪搭在肩上："弯腰走，保持安静，就照我说的做。大家都准备好了吗？"

"还没有。"奥莉维亚说。

后边的路虎车里传来争吵声。卡斯韦尔扯着嗓子喊："你竟敢不听我的，杰登！你哪儿也去不了，我一概禁止！"

杰登情绪激动地回应："我不是属于你的，德克，你不能控制我！"

他甩下那辆车慢跑过来，他的墨镜掩盖了他的表情："不好意思，让你们久等了，有时候我身不由己。"

奥莉维亚向他报以微笑："好了，腾达伊，我们准备出发。"

"等等，"本说，"还有一位。"

拉尔斯，打过棕熊的比利时人，从另一辆路虎车离开的滚滚尘土中突然出现。他站在沙地上，挥了挥手："我可以加入吗？"

"行啊，"玛汀厌恶地咕哝道，"他想为他客厅的墙面再物色一副头骨。"

腾达伊把步枪的保险栓拨开："我想我们终于可以整装待发了。别忘了我说过的：保持弯腰、保持安静，万一遇到紧急情况，找棵树爬上去。保护区不是迪士尼，犀牛也不是玩偶。出点差错会要了你们的小命。"

5. 犀牛宝宝

当他们靠向犀牛，近到看得见它们磨损的耳朵时，腾达伊转身露出了微笑："我要给你们看点特别的。在此之前我是不会讲的，因为假如太多人加入的话，我们是靠近不了犀牛的，你们有福咯。"

"嗯，听起来很体贴嘛。"约翰·约翰逊说道，"要告诉大伙它是什么吗？"

"跟我来，你自己会见识到的。"

他们蹑手蹑脚地穿过灌木走向斯巴达和克利奥。两头庞然大物感知到了什么，转身应对可能受到的威胁，它们的动作像舞者一般轻盈。它们眨眨眼，嗅嗅空气中的味道。犀牛近视，玛汀的外祖母总是声称，三十米远它们几乎就识别不出树上有个人了。然而，这两只犀牛无疑是戴了隐形眼镜，它们看起来蓄势待发，仿佛一注意到入侵者便会瞬间将其撕成碎片。

腾达伊指着一长条倾斜的岩石："我们在这儿等着。坐或者躺，尽量不要动。"

玛汀发现自己躺在本和杰登之间，成了本色少年和流行偶像的夹三明治，这让她感觉不舒服。不过，当她看到本在这种情形下如何进入角色时，她开始嘲笑自己。他穿着的橄榄绿工装裤、卡其色T恤衫和落满灰尘的靴子，比起杰登的破洞牛仔裤、铆钉皮带和富有科技感的运动鞋，绝对更适合丛林徒步探险。

本与周围的环境完全协调，这远不止体现在他的穿着上。他默默地移动着，不错过任何蛛丝马迹。他能像大多数人看书一样，轻松读懂管理员给动物的踪迹所做的记号。腾达伊曾告诉过她，追踪是种宝贵的天分，要么你生来就有，要么就不具备。一个人需要把自己代入动物的思维中，否则他永远成不了一名优秀的追踪者。

"哦，天哪！"奥莉维亚惊呼道。犀牛已经散开，克利奥的注

意力集中在它身后慢慢移动的阴影上。随着一连串类似老鼠的吱吱声，一头犀牛宝宝从它的双亲腹间冒出头来。

玛汀在萨沃博纳保护区只住了一年，她的野生动物知识还很欠缺，小犀牛犊就是其中的短板，只是现在她才意识到自己从没有真正见过犀牛宝宝。真要说设想过的话，她也就把它们想象成犀牛父母的微缩版。

面对浑身穿着七十公斤铠甲的小可爱向他们高速挺进，她没有任何准备。小犀牛的腿短短的，耳朵很大形似百合，眼睛却非常小，皮肤松弛得像哪个犀牛哥哥身上穿过的旧衣裳。它犹如外星人与最温柔的史前怪物的结合体。

玛汀第一眼就喜欢上它了。从小犀牛的出现引发的欣喜笑声判断，不止她一个人喜欢。

当小犀牛察觉到游客时，它跳了一下，然后惊愕地顿住了，表情非常滑稽。它并没有退回犀牛妈妈的怀抱，而是摇摇晃晃靠得离游客更近了。它的妈妈蹒跚着跟在后面，示威性地低下犄角，焦虑不安地直喘粗气。

阮安小声地尖叫了一下。玛汀惊吓中抓住了本和杰登的胳膊。完蛋了！她还没到达预选好的树木。她将再也不会骑着长颈鹿跟夏洛、本赛跑了，再也不会听到杰登唱一个音符了。腾达伊扣动步枪扳机，瞄准了克利奥。小犀牛朝着他们的方向猛冲过来，一个打滑，它刹住了，距离他们就几米远。幸运的是，犀牛妈妈也这样做了。

玛汀紧张得几乎忘了呼吸，是她在做梦还是犀牛宝宝恰好在盯着她看？还没等她明白过来，犀牛宝宝已经开始玩起自己的了。它一圈一圈地跑着，好似充满活力的小狗。犀牛妈妈自豪地望着它，大脑袋被一米半的长角压得耷拉了下去，摇晃着跟在宝宝后面。

玛汀有种异样的感觉，她卷入了犀牛温暖而深邃的棕色眼睛里。居住在里面的灵魂是温和、睿智而脆弱的，但最闪耀的特质是爱。犀牛妈妈深爱着它的宝宝，一如母亲曾那样爱着她。

眼泪从玛汀脸颊滚落，她心潮澎湃，而挤在两个男生中间又让她感到尴尬，其中一位还是她的音乐偶像。可其实，她没必要为此烦恼。本已经完全着迷了，就连杰登也收起冷酷的外表，露出一张大大的笑脸。

犀牛宝宝耗尽体力后疲惫不堪，"扑通"一声坐在地上，几乎瞬间睡着了。克利奥趴下身子陪在一旁，它闭上双眼，长而尖的黑色睫毛戳着粗糙的皮肤。

"它正向我们致意呢，"腾达伊低声道，"这是以它的方式告诉我们，相信我们不会伤害它的幼崽。"

"犀牛宝宝叫什么名字？"玛汀问。

"还没起呢，它才几天大。如果你想到了，告诉我。"

腾达伊示意大家回到路虎车上。夜幕降临，最早的一片星辰散布在孔雀蓝的天空中，洒下点点亮光。

没有人在开车去山崖的路上说话。玛汀真希望自己可以读懂游客们的想法——杰登的脸上阴云笼罩；猎人拉尔斯看起来正在经历

着某种心理斗争；越南芭蕾舞者阮安魂不守舍，她凝视着漆黑的动物保护区，一脸忧伤；只有冲浪者与约翰逊夫妇笑意盈盈。

6. 山崖上的烛光晚餐

山崖的高处，也就是玛汀和本那天清早赛跑的起点，那里布置的长条桌上已经铺好了白色的餐桌布，摆上了天鹅绒般的粉色山龙眼和蓝色百子莲。餐具和玻璃杯在葫芦灯摇曳的光线下闪闪发亮。

与东开普省的气温相比，这算是一个温暖舒适的夜晚。青蛙、知了、猫头鹰为宾客唱着小夜曲，他们吃着开普敦马来咖喱饭（为肉食者供应的是鸡肉，为玛汀、她外祖母和本提供的是带杏子的素食），外加烤玉米、烤鱼串和藏红花米饭，晚餐大受欢迎。只有利亚姆是个例外，他不停地告诉大家，自己是个"汉堡薯条控"，不吃奇珍异食。

玛汀一手策划了这顿晚餐，顺便把自己安排在蒂芙尼旁边，离"逃之夭夭"乐队成员就两个位置。她原本希望本也挨着坐，但他坚持坐在餐桌的另一端，在冲浪者边上。

"我不懂你怎么想的。"玛汀生气了，"利亚姆和拉克伦很友好，杰登又那么好，简直像梦中才有的人。"

"我相信他们确实好，但我更喜欢真实的人。"

"你怎么可以这样说？"玛汀大动肝火，"你根本不了解他们。"

"你了解咯？"

"事实上，过去的几个小时里，我已经好好认识了他们。毕竟，你只是嫉妒。"她指责道。

"为什么我会嫉妒？"

"因为他们富有、出名，极具才华。你知道有成千上万的人，愿意付出一切和我们交换这个夜晚吗？"

"行了，现在我知道了，你已经失去理智。"本说，"等你发觉了，就到桌子的另一头找我吧。"

要不是邂逅犀牛宝宝，并与蜚声乐坛的男生乐队共进晚餐让玛汀心情愉悦情绪高涨，本的态度早就令她兴致全无了。他们以前只真正吵过一次架，玛汀为此懊悔不已，她发誓再也不会发生这样的事了。但这会儿她正高兴着，根本不会受其影响。

德克·卡斯韦尔坐在阮安和她的古怪叔叔边上。阮安在微笑，可她的肢体语言透着紧张。她曾一度对她的叔叔声色俱厉，而不论她说什么都能把德克逗乐。德克和她叔叔起身离开餐桌，走到暗处抽烟去了。玛汀感到惊讶，想象不出这两个人有什么共同语言。

　　玛汀抛开这些疑问，转而去听乐队男生们聊路上的奇遇，他们正相互嘲笑着。在他们的私人飞机上，男生们经历过一次令人毛骨悚然的暴风雨飞行。还有一次，一名疯狂的粉丝曾从酒店十楼沿绳索滑下，试图爬入他们九楼套房的窗户里。那天，他们正打算离开去巴黎，那是三十五天巡演的最后一站了。

　　"德克，我们能在合同里约定，在巴黎我们会有源源不断的汉堡和薯条供应吗？"利亚姆恳求道，"外加巧克力热饮，须浓厚到用刀叉享用的程度。"

　　"当然。"经纪人心不在焉地回答。

　　"你可以那样约定，"拉克伦说，"而我想要几大盘臭味干酪和法棍面包，还有法式蜗牛。我想我会尝试下蜗牛的，也许还可以吃些蒜蓉蛙腿。"

　　"呃。"玛汀哼哼道。

　　杰登笑了："开玩笑啦，不说我们了。今天几乎见识了保护区里的每种动物，玛丽亚，可我们没看到你的白色长颈鹿。有机会你可以召唤它吗？我们好想见见它。"

　　玛汀觉得很受伤，因为他已经忘了她的名字。不过，他想见杰米这使她很激动，部分抵消了心中的不快。"是玛汀。"她纠正道。

　　"什么玛汀？"

　　"我的名字，玛汀。"她急忙说下去，"杰米相当害羞，不过我想想办法吧。我们得走到山崖边去，因为这儿人太多，它不会过来的。"

"我会留下来陪蒂芙尼的。"利亚姆咕哝道，布丁塞得他满嘴都是。他已选定奶香蛋挞和双姊妹酥饼——一种用糖水浸泡过的油炸麻花，这可以满足他对高热量食物的需求。

"我也想待一会儿。"拉克伦说，"首先，我想跟那位传说中的越南舞者说说话。"

奥莉维亚·约翰逊侧过身来："我无意中听到了你们的对话。玛汀，你真的要召唤白色长颈鹿吗？介意我也去吗？"

当她和杰登、奥莉维亚离开餐桌时，玛汀试图引起本的注意，可他正看着陈先生兴致盎然地跟腾达伊聊天。陈先生和他爱人很快就会离开，因为陈太太有偏头痛，新管理员托马斯会带他们回酒店。

杰登不停调试着手机上花哨的摄像装置，奥莉维亚则在努力识别夜出活动的鸟类。玛汀小心地吹起无声的狗哨。这声音人耳是听不见的，而狗和长颈鹿在远处也能听到。如果杰米在一定范围内的话，它就会闻讯赶来。

玛汀趁着和杰登、奥莉维亚在树林边等待的时间，在脑海里回顾了一下今天发生的事情。到了新学校，她该告诉伙伴们怎样一个故事啊！"杰登跟我一起带着白色长颈鹿出去闲逛，度过了最美好的时光……"她开始酝酿，"对，我指的是'逃之夭夭'乐队的杰登·卢卡斯。我没说我们俩是朋友吗？他非常喜欢野生动物。乐队到访萨沃博纳时，我和杰登花了很长时间观察一只犀牛宝宝如何玩耍……"

杰登好似读懂了她的心思，问道："我们见到犀牛的地方叫什么？"

玛汀吓了一跳："唔，还真没有名字。动物保护区里没有那样命名，路也都没有指示。我们识别地点往往是凭那里有棵烧焦的树，或有个形如城堡的蚁丘。萨沃博纳里我最喜欢的角落有颗大卵石，酷似一头睡狮。"

一丝不耐烦的神情掠过杰登的脸。他张开手掌挠了挠满头乌发说："既然这样，想必你能以同样的方式找到我们见到犀牛的地方。如果我接受杂志采访或在社交网络上发帖时，可以描述这个地方的话会很棒哦。观察犀牛宝宝玩耍是我生命中最美妙的体验之一，感觉和在伦敦 O2 体育场现场表演一样好。"

玛汀一想到他要告诉记者萨沃博纳的奇观，就容光焕发。也许保护区将突然涌入大批游客——虽然这对她来说没有什么吸引力，但会为外祖母带来额外收入。

"犀牛离路易波士河上的巨魔桥很近。"她说，"那不是桥的真名，我外祖母这样叫，仅仅是因为它似乎有种说不清的魔力，那里可能潜伏着怪物。"

他哈哈大笑："好神奇呀，多么生动的描述。说不定我会发一条推特（类似于微博）。"

玛汀冷静下来："无论怎样，你不能放到推特上。若是被偷猎者看到怎么办？你会暴露犀牛的位置。"

他的笑容虽然可以迷住一头冲锋的犀牛，可他傲慢的语气告诉玛汀，她太多疑了："我们在推特上有数百万的粉丝，但我可以打赌，没有一个是持枪捕猎野生动物的罪犯，多数是像你一样可爱的孩子。"

"我不是故意打断你们，但考虑到最近豹岩保护区发生的偷猎行为，我想玛汀抱以谨慎的态度是对的。"奥莉维亚插话道，"反正，我真是搞不懂年轻人的需求，醒来就一刻不停地更新遇到的新鲜事物，和身边的亲友分享你们的生活还不够吗？"

"这是两回事。"杰登辩解道，"我、利亚姆和拉克伦，想和粉丝分享我们的成功。我们是要融入他们，而不是保持距离，塑造高高在上的形象。"

篝火那边，一支非洲乐队演奏起来。两个冲浪者站起来跳舞，利亚姆和蒂芙尼尾随其后。鼓点越来越快，玛汀的心因为焦急而怦怦直跳。正当她开始担心音乐已把长颈鹿吓跑时，传来了树枝窸窣作响的声音。杰米从树林里溜达出来，它脑袋的剪影被月光投射到地上。玛汀心中涌起一股爱意和自豪之情。在陌生人周围向来会紧张的长颈鹿，踌躇着不敢靠近，但它确实逗留得够久，使大家可以轻抚它银色的鼻子。

杰登和奥莉维亚被迷住了，紧张的气氛顿时消失。

"它太棒了，玛汀，"杰登说，"你真的会骑吗？你怎么上去呢？用吊车？顺便说句对不起，之前把你名字叫错了，我一定是在介绍时听错了。当音乐人面临一个风险：听力衰退。让我补偿你一下吧，我们来一张长颈鹿自拍照如何？"

整个"星星点点"旅行活动的精彩亮点层出不穷。玛汀认为最让人印象深刻的有两处，阮安表演的舞蹈是一处，还有一处是"逃之夭夭"乐队借用当地的乐器表演的成名曲《萤火虫之夏》，它将让玛汀永生难忘。和着利亚姆的非洲鼓点，拉克伦弹着自制的吉他，杰登深情的嗓

音响彻夜空。他们从容不迫地证明了自己为何能够赢得百万乐迷的心。等他们唱完的时候，保护区里在场的观众无一不湿了眼眶，连本也深受感动。

"今天对我们来说相当特别。总有一天，我会为此写一首歌。"杰登告诉观众们。自从德克在英国德文郡首府埃克塞特的街角发现了当时在卖艺的杰登后，这已是最小范围的表演了。

几分钟后，乐队离开了，坐着他们的红色直升机，盘旋着在黑暗中渐渐远去。没过多久，剩下的客人和本也走了。

每每看到手机上和长颈鹿的自拍照，玛汀脸上就会泛起笑容。要是没有它的话，令人诧异的一整天可能更像是一场梦。

7. 母子分离

玛汀蓦然惊醒，她感觉胃不太舒服——不是那种吃坏肚子的恶心，而是伴随着内疚感的反胃。她总感觉自己说过的话或者做过的事情哪里不对劲，要是能记起来就好了。

床边的闹钟指向凌晨两点二十一分，她睡眼惺忪地坐起身来，把窗帘推到一边，看到夜幕中闪烁着星光。

那是玛汀到非洲后不久……在一个孤独的夜晚，她望着窗外的暴风雨，瞥见了被闪电照亮的白色长颈鹿。渴望朋友的玛汀蹑手蹑脚地走向一片黑暗的雨幕，纵使所有人坚信它的存在只是个谜，她

也执意要去找它。回想起来，她依然会为那次冒险的举动而后怕，还好遇到杰米是值得的，那是发生在她身上最好的事了。

回忆历历在目，她久久凝望着夜幕希望杰米出现，但下面水塘边没有任何动静。玛汀还是感觉不舒服，她决定下楼喝点东西。经过楼梯平台的窗户时，她注意到了盘旋在远处的光。她半睡半醒，还以为那是 UFO。

玛汀揉了揉眼睛，意识到那是一架直升机。她想象着是否有奇迹发生："逃之夭夭"乐队返回萨沃博纳了！其中一位落下什么重要的东西——护照或者歌词掉在路虎车的座椅边上。他们深更半夜的到来搅醒了屋子上下的人，对此他们满怀歉意。等找到落掉的东西时，天都快亮了。外祖母要给他们准备早餐，杰登终于有机会给玛汀的海报签名了，他们俩还可以带杰米出去逛逛。

可那光圈很快缩小成一个光斑，然后消失了。

走到厨房后，玛汀笑了笑，觉得自己真是个傻瓜。就算哪位乐队成员忘了东西，他们也不会亲自回来取，人家需要睡美容觉呢。他们会派位工作人员来取——德克，或是踩着细高跟鞋的蒂芙尼。

她打开冰箱，喝起盒装西番莲果汁。猛然间，她被呛住了，一阵恐慌袭来：直升机夜晚在自然保护区盘旋只能表明一件事。

"外祖母！"她叫喊着，快速奔向楼梯，"外祖母，醒醒！"

冲上楼梯平台时，她又看见了那个光点。她望过去时，光移动着，然后一下子往北去了。

托马斯太太撞开卧室门冲了出来，边系上睡袍边问道："怎么了玛汀，你病了吗？有小偷吗？"

"我觉得我看见一架直升机降落在保护区了……"玛汀开始说，可还没讲下去，电话响了。

外祖母急忙去接，玛汀能听到她压低的嗓音。"有什么事吗，萨姆森？啊！不好。那是小的那头？你没事吧？先别动，我们就来。"

电话"啪"地挂断了。再看到外祖母时，她似乎老了十岁。

"是犀牛出事了，对吗？"玛汀喊道，"偷猎者袭击了它们，死了还是活着？"

"玛汀，你把我叫醒是对的，保护区有紧急情况。是的，牵扯到犀牛了。我不能冒险把你一个人留在这儿。跟我来，但你得留在车上，明白吗？"

"可也许我能帮上忙。"

"不行！"托马斯太太严厉地拒绝了，"这次不行，你要待在车里，车门会锁上，就这么定了。"

半夜里的风像碎冰片一样砸在玛汀的脸上。她让自己抵住仪表盘，腾达伊开得飞快又怒气冲冲。玛汀整个人不受控制地左歪右倒，上下颠簸。正常情况下，外祖母早就责怪他了，但这回事关生死。他们虽然已经叫了兽医，他一小时内会赶到，但到那时想必为时已晚。

腾达伊来了个急速转弯——这是另一件他在平时从来不会做的事，除非有动物迎面过来。萨姆森坐在大圆石上，用碎布按着太阳穴上的伤口，他的裤子划破了，上面还有血痕。腾达伊刹车时打了滑，在萨姆森旁边瞬间停住，他握着猎枪跳下车。萨姆森示意他带上手电筒再进灌木丛。不料腾达伊停下来对朋友说了几句安慰的话后，就踏上小道走进深深的草丛，黑暗在他身后拉上了帷幕。

托马斯太太蹲在萨姆森身边，拿出急救箱。这个老男人吞了两片止痛药，再让外祖母处理他的伤口，但拒绝任何其他帮助。他唯一关心的是那些犀牛。

"抱歉，嬷嬷，"他用非洲话里对奶奶和外祖母的亲密称呼，一遍遍地说着，"太对不起了。"

"萨姆森，今晚发生的事不是你的错。干这个的并非业余人士，这是一起有预谋的行动，还经过详尽的安排。很有可能是在豹岩保护区肆虐作案的同一伙人。当警察彻底搜查这片区域时，触到他们的痛处了。我庆幸的是你没有出事。"

"现在我和腾达伊需要为犀牛做些力所能及的事。你和玛汀一起留在这儿，你们能相互照顾一下，兽医和警察随时都会到。等他们到了，把我们去的方向指给他们，不用带过来。你们俩谁也不要离开车，这是命令。"

他们走后，周围陷入一片毛骨悚然的寂静中，连夜间活动的动物都感知到了危险，纷纷停止奏乐。玛汀迫切想知道发生了什么，但她不想给萨姆森加压。终于，她问了一句："这药对你的头痛有用吗？"

"没有，我罪有应得。无论你外祖母说什么，我都是失职的。一开始我看见直升机时，还以为可能是年轻艺人们返回了。直到它们瘫倒在地，我才意识到，犀牛已经被射了麻醉镖。我立刻给腾达伊发短信，并跑去找直升机。接着，头顶的天塌下来了，当时就这个感觉。我恢复知觉后，偷猎贼跑了，路易波士河边的场地像是经历过战争的沙场一样……噢，玛汀，但愿你永远别听到小犀牛犊的哭声。"

那种让她醒来反胃的感觉加剧了，可怕的想法萦绕在脑海中，玛汀拼命想甩开它。

"千万不要责备自己，萨姆森。如我外祖母所说，这是他们一手策划的，不只是在黑暗中飞过动物保护区恰巧找见了犀牛这么简单。那样的话，把网球打到月亮上也不

是难事了。"

空洞的哭声穿透了黑夜，仿佛曾经受人类折磨的每一头犀牛的所有痛苦都聚集到这一个声音上。玛汀猛地推开车门跳了出去。

萨姆森设法抓住了她的夹克衫下摆："不行，玛汀。嫲嫲让你留在车上是有原因的。今晚所发生的，是一个孩子绝不该看到的。"

"我得去，或许我能帮上忙。"

"小家伙，没有什么可以做的了。"

"你不懂。"

玛汀转身脱掉了夹克，猛冲下那条漆黑的小道，一路踉踉跄跄、跌跌绊绊。荆棘和草刃纷纷划向她的脖颈和手臂，还有错结的树根拖住了她的靴子。她能听见萨姆森的呼唤，但他一瘸一拐的，是拉不住她了。

突然一声枪响，玛汀的双腿僵住了。她立刻蹲下，并用手抱住脑袋，好像她的手可以挡子弹似的。枪声一停，玛汀撒腿就跑，她越过巨魔桥，闯进了林中的空地。

腾达伊和玛汀的外祖母惊恐地看看周围，腾达伊的猎枪枪托还冒着烟。他看管着斯巴达，给它擦了擦双眼。

托马斯太太则尽力安抚犀牛妈妈。几个小时之前，克利奥还望着它的宝贝儿子在玩耍，眼中充满了爱意。此刻，它却躺在血泊中呻吟。它的犀牛角不见了，被斧子活生生地砍了下来。它温和而宽大的脸成了一片血淋淋的废墟。它陷入昏迷，死亡正在向它靠近。

不知所措的小犀牛向前迈了两步，又迅速撤回。靠近玛汀让它非常害怕，而更让它害怕的是离开妈妈，那里一直以来是它的宇宙中心。它以恐慌又绝望的尖叫声，恳求玛汀救救它，带它去安全的地方。这短促的叫声撕扯着玛汀的心，她真想把它揽入怀中。

"玛汀，你不该在这儿，我叫你走开！"外祖母挣扎着站起身喊道，然后拽住玛汀的肩膀把她拉开，"很遗憾你已目睹了这悲惨的景象，但我还是很生气你没听我的。如果腾达伊开枪的子弹跳飞了，打到你怎么办？如果你撞上一个偷猎贼怎么办？快回到车上去。"

玛汀躲到外祖母的臂弯下。为了不让她抓到，她跪了下来，把手放在克利奥的头上。玛汀心头的愤怒似森林之火蔓延开去。托马斯太太在说着什么，并猛拉玛汀的胳膊，可就是拉不动。玛汀听不进也不在乎外祖母说的。她把双手放在克利奥脸上流血的伤口两侧，手变得越来越烫。

她的视线模糊了。她能听到先人击鼓的声音，看到炽热的火焰，感受到身体里流动着一股巨大的能量。在她的手指触摸下，克利奥的伤口有了好转。

犀牛的眼睛"吧嗒"一下张开了，在它凝视的目光里透着谴责的意味。玛汀有种掉入深渊的感觉，她任由自己旋转进另一个空间。她努力想抓住什么，但什么也没抓到。音乐戛然而止，她的手心没有了热度，帮助她治疗海豚、捻角羚和豹子的能量从心底消退了。那个空间一片荒凉，如同地下岩洞一般冰冷。一道强光闪现，玛汀感觉有人将她抬了起来。

"我想她是惊吓过度。"外祖母边说着边用湿布擦拭玛汀的前额。"真不知道我在想什么，这个点还带她进保护区。我早该知道，救助犀牛的冲动会强烈得让她难以抗拒。如果你陪兽医留在这里，我就先把她送回家去。我想乔纳斯和警察一定快到了。"托马斯太太对萨姆森说。

玛汀睁开眼睛，腾达伊用宽厚的黑臂膀把她抱进怀中。

"你吓坏我们了，"他表情严肃，"你晕过去了。让你见到这一幕我很抱歉，但你不该跟着我们。你外祖母叫你在后面和萨姆森待在一块儿是为你好。""放我下来，腾达伊，"玛汀说着，尽力挣脱出来，"我能帮到克利奥，你会明白的。"

不过即便她这么说了，也知道恐怕是痴心妄想。有些事情变了，她的天赋被剥夺了，她感到了能量的衰竭。

"如果你真想帮忙，就让你外祖母带你回家睡觉吧。"腾达伊说着把她抬到了路虎车上。他用肩膀开道，穿过高高的草丛。汽车的大灯从树林中透射过来。"乔纳斯到了。如果谁能救克利奥，这个人就是他了，他是开普敦最好的兽医。"

"可是——"

"没有可是，"托马斯太太赶上了他们，"我们要回家了，让兽医和警察来完成他们的工作。一夜之间我这新冒的白头发够多的了。"

玛汀上楼去睡觉，窗外的星光渐渐褪去。斯巴达命丧黄泉，克利奥垂死挣扎，它们的孩子无依无靠，她不知道怎么才能入睡。当残忍杀害犀牛的变态杀手逍遥法外时，谁能休息好呢？

托马斯太太坚称："别担心，我会保持清醒，警察在保护区处理完，我就和他们通话。调查的焦点多半集中在豹岩的偷猎者身上，也许也会对昨天晚上宾客名单上的人有所怀疑。"

玛汀糊涂了："和他

们有什么关系呢？我是说，我们一直和游客待在一块儿，又看着他们离开。"

她忽然记起，拉尔斯和科比开玩笑，说抢银行才能把犀牛收为战利品，把犀牛角和熊头、鹿头一起装饰到他们家里的墙面上。他们与黑社会有关联吗？拉尔斯会不会拿萨沃博纳白犀牛的位置做交易呢？

玛汀在房间里发短信给本。直到"星星点点"之夜结束，他们也几乎没有说过一句话。本毫不掩饰对玛汀如此追星的失望，而玛汀也没有费神隐藏她对本如此扫兴有多恼怒。"逃之夭夭"乐队拥有千万粉丝，假如她是其中一分子，也算不上是种罪过吧。得承认，她对杰登有点痴迷，可那是因为他的音乐对她有特别的意义，《给父亲的歌》帮她度过了生命中最艰难的时光。这并不意味着她转眼变成了盲目追星的废柴。

本依然是她最好的朋友。他在危难中也是头脑清楚、可以信赖的。

她编辑短信：

> 偷猎贼昨晚袭击了我们的犀牛，这是从未有过的最糟糕的事了，想帮我一起想办法抓到恶魔凶手吗？

她敲了发送键后，目光落到书架上方杰登、利亚姆和拉克伦的海报上。凌晨两点多唤醒她内疚的那股恐惧感又回来了。

　　她用外祖母给的老式笔记本电脑上网搜索。她从没用过推特，也不懂，但她一输入杰登名字的头三个字母，他的官方账号就出现了。

　　照片上的玛汀正对着屏幕前的自己绽放着笑容，身边是长颈鹿还有杰登。这一切恍如隔世，很难相信才过去了八个小时。她向下拉动杰登的推特更新。有一段视频来自"逃之夭夭"乐队在开普敦海滨的音乐会，下面是成堆的死忠粉留言。杰登和利亚姆之间也有对话，杰登对利亚姆的新发型开着善意的玩笑。

　　接着蹦出来的是一张斯巴达、克利奥和它们孩子的照片：

看这一流的犀牛一家，位于罗伊波士（Roybos）河上的巨魔桥附近，摄于"星星点点"旅行活动期间，开普敦边上的萨沃博纳保护区。

血开始涌上来，拍打着玛汀的耳膜。"不！"她大声叫道，"不会的，不可能发生的。"

她猛地推开笔记本，好像电脑有毒一样。她紧紧抱住膝盖，感觉冰冷冰冷的。"我们在推特上有数百万的粉丝，"杰登告诉过她，"但是我可以打赌，没有一个是持枪捕猎野生动物的罪犯，多数是像你一样可爱的孩子。"

如果他错了呢？如果那些所谓可爱的粉丝中有一位，或者他的家人朋友要对谋杀斯巴达负责呢？如果根据玛汀告诉杰登的桥名、河名，熟知这些的当地人为偷猎者提供了GPS定位呢？杰登拼错了路易波士（Rooibos）河，但那不可能影响任何潜在的凶手辨认出这个地方。偷猎贼不知怎的就能够径直飞入林中空地，对犀牛投射镇定剂，再切下它们的犄角。

如果这整场可怕的悲剧都是她的过失造成的呢？

电脑屏保降下，遮盖了推特页面。玛汀麻木地按了个键，杰登的推特动态重现。有个异常情况使她心悸——犀牛的那条推特中了病毒。

8. 颓丧至极

"本，不妨告诉你，我已经无计可施了。三天了，她几乎没吃什么东西，也不愿出去看一眼杰米。它一直在花园门口想要见她。人们常常说长颈鹿是默不作声的，你知道吧？那不是真的，它们会发出悦耳的震颤声。只可惜杰米现在叫得像患了咽炎的唱诗班少年。它意识到玛汀不太对劲，当然不只是它觉察到了。我叫了医生来，不过他向我保证她没病。在他看来，都是心病。"

托马斯太太的声音从楼下传来，因为穿过房门显得有些失真，像从"噼噼啪啪"的对讲机里传进来的。玛汀这时正缩在床上，心绪难平。

"都怪我，"托马斯太太告诉本，"犀牛遇袭那晚，本不该带玛汀进保护区的，可我害怕把她单独留在家里，当时偷猎贼可能还在这个区域。结果她精神受创，最糟的是她责备自己没能治好克利奥。本，要是她愿意见你多好，或许你可以给她讲讲道理。这是让我难以理解的另一点，她为什么不想和最亲密的朋友谈谈呢，你们俩闹别扭了吗？"

本没有回答，玛汀知道他会怎么想。她给他发短信，叫他来萨沃博纳帮她想办法追查偷猎人，这些家伙杀了斯巴达，任克利奥慢慢死去。而接着，她告诉外祖母说感觉不舒服不能见他了。他会感到困惑并觉得很受伤。

这并非谎言，她是病了——愧疚病。

她也累病了，因为父母死于火灾后纠缠她的那些噩梦，报复性地卷土重来。她一遍遍地回到当时的场景中：她醒来发现房间里烟雾弥漫，火焰在门后烧得噼啪作响。现实中，她已经把床单系在一块儿逃出了两层高的窗户，但在梦里，她觉得自己害怕得不敢跳。梦醒了，她气喘吁吁、汗流浃背，被子和床单快要把她勒死了。

玛汀希望本受够了她的借口并离开。但他接连三天、每天两次地过来，每次顺便也来喂喂他的夏洛。如果他坚持下去，那除了见他别无选择。她怎么能够心里隐藏着最大的线索，还扮演侦探去寻找线索呢？她怎么能够承认自己因为得到杰登的关注而受宠若惊，以至于给了他引导偷猎贼找到犀牛的信息呢？那相当于她给犀牛判了死刑。

假如对本供认一切，她不知道会发生什么。终究，本是她认识的最聪明善良的男生了。如果有谁可以理解她干了件大蠢事，并明白她为此付出了惨痛的代价，那一定是她最好的朋友。可是她自己都不能原谅自己，还如何期望本的原谅？

在偷猎者落网之前，没法知道他们是看了推特，还是用了其他方法找到犀牛的，但玛汀觉得没有其他可解释的。在她同杰登对话后的几小时内，犀牛就遭到了袭击，这很难让人相信是纯属巧合。目前，还没有其他人知晓其中的原委，可她悲观地认定，戴着手铐被拖走只是时间问题。

谁看了推特？这个问题在她脑海中不停地绕啊绕。

犯难的是，有成千上万的嫌疑人。乐队拥有大批南非的粉丝，任何一个都可能在社交媒体上看到些什么。即使在杰登离开萨沃博纳之前，他也可能对经纪人或者乐队伙伴提起，犀牛位于路易波士河上的巨魔桥附近。转而，他们也可以跟乘务员、朋友或唱片公司的人说，而那人也许碰巧就是个兼职偷猎客。

按照这样的逻辑，杰登、利亚姆和拉克伦也在怀疑范围内，可玛汀已然把他们排除在外了。他们是十几岁的百万富翁，过着人们理想中的生活，受到百万人的爱戴。他们中会有人陷害犀牛吗？

这个思路同样适用于他们的经纪人大亨。玛汀一开始就不喜欢德克，但外祖母曾经告诉她，最新的科学研究结果显示，几乎不可能从外表判定谁是罪犯。德克嗓门大、讨人厌，不过他仍然是位非常成功的经纪人，掌管着全球最火的男生乐队之一。他以偷猎犀牛为副业的想法真是可笑。

那么是谁呢？警察正从袭击豹岩的犀牛团伙入手。他们确定同一拨人应为两次事件负责。玛汀坚信那些偷猎贼早已远走高飞。他们为什么还会在周边徘徊，难道不怕被捕吗？那意味着，无论是谁砍断了斯巴达和克利奥的犀牛角，他们仍然逍遥法外。玛汀一想到这里就不寒而栗。

楼下，本和托马斯太太正在讨论小犀牛。此时，它待在玛汀家后边的萨沃博纳野生动物医院里。

"我敢肯定，如果有什么能使玛汀振作起精神来的话，就是这头可爱的小犀牛了。"她外祖母说，"平常是阻挡不了她接近野生动物的，特别是动物宝宝，但她不想和它有任何接触了。本，感谢你照料它。萨姆森又在病假中，没有你，我不知道我们还能做什么。"

玛汀把羽绒被拉上自己的脑门儿，那是又一件令她愧疚的事了——犀牛宝宝。她知道它会孤独、害怕、思念妈妈，所有这些都是她刚到萨沃博纳时体味过的，但她无法面对它。假如犀牛宝宝的痛苦该归咎于她，那么她就做不到。

她也无法面对杰米。她的医治天赋抛弃了她，致使她害怕不再拥有与动物之间的特殊纽带。她已经失去双亲，足以痛惜一生，若是再被杰米和本抛弃，她想想就不能承受了。

要是时光可以倒流该多好啊！她会倒回到那年新年前一天的早上。就在一年多以前，当时妈妈为了给玛汀一个惊喜，做了生日纸杯蛋糕，最大的一杯插着十一根蜡烛。玛汀一口气全吹灭了。

她许了什么愿望呢？记不起来了，大概是要衣服或者电话之类的小东西吧。要是她早知道即将来临的事情，就会把愿望换成有人发现并修好了电气故障。几小时之后，她的家就不会被烧成一片废墟了。

时钟嘀嗒作响，无情地带走了她的至爱。尚无一位科学家想出控制时间的方法，将父母和动物们从死亡里带回，将伤人的话语撤销，或是将那些愚蠢的过错抹掉。

玛汀闭上双眼，在羽绒被下面越钻越深。她的生活已经是一片废墟。

9. 格蕾丝的邀约

太阳从窗帘的缝隙间探出头来，踮着脚挪移，曙光的指尖抚过羽绒被，灰蓝的被面上有白色长颈鹿的图案。被窝里，玛汀正在做梦——不是火灾，而是关于犀牛的。她跪在克利奥身边，尽力安抚她。犀牛妈妈睁开了眼，这次她的目光恳切，没有了谴责，她与玛

汀的交流无须语言。

"答应我，你将照顾好我的孩子贾布。你要保证，为贾布找到安全的地方。"

"我保证。"

她一点儿都没觉得对一头犀牛承诺有奇怪的地方，不知怎的还感觉对了。

连日来头一回，玛汀醒来感觉到平静安宁。她伸展了一下身子，慢慢苏醒过来。可没过一会儿，罪恶感重返了，使她崩溃。她用被子蒙住脑袋，不断地呻吟。

"你就打算这样开启新的一天吗？"一个熟悉的声音责问道，她的加勒比口音很浓。

玛汀迅速从床上支起身来。一位体态过度匀称的祖鲁妇女，穿着色彩鲜亮的传统裙装，在她的五斗柜中翻找起来。她数出五件T恤，加到整理了一半的手提箱里。

"格蕾丝，您在我房间里做什么？为什么要检查我的东西？"

巫医一只手搭在肥臀上："哦，早上好。我本来要说见到你真高兴，不过这会儿我不太确定了。"

玛汀脸红道："我也很高兴见到您，格蕾丝。但是如果您醒来，发现我在翻箱倒柜搜您的物品，您也会吓坏的。"

"吓坏？我可不这么认为。要是你在整理我的行李箱，我会以为你和我，咱们要去旅行了。"

玛汀想象着一幅不太可能的画面：她和格蕾丝肩并肩，坐在沙滩上堆城堡——也许是在加勒比海，格蕾丝母亲的家乡。"我们要一起去度假？"

"不是度假，宝贝儿。是旅行，大不一样。"

"我外祖母让您这样的吧，是吗？"玛汀情绪激动，"好吧，我来告诉您，我哪儿也不去。我病了，不是一剂药水能治好的。"

"不是吧？那太可惜了，因为我给你带了猴面包奶昔。没关系，我可以自己喝。"

玛汀犹豫了一下。格蕾丝做的奶昔是出了名的美味，用猴面包树的果实做的奶昔又是玛汀的最爱，它的原料来自当地人的"生命之树"。它还加了香蕉、杏仁奶、香草、奇异籽和本土蜂蜜，简直好喝极了。"既然您不辞辛劳地制作出来，我会试试看，万一有帮助呢？"她说道。没等格蕾丝改变主意，她就从书架上一把抓过来嗫了一口。

巫医笑了："随你的便吧。"

她把玛汀的救生包扔进箱子里，坐到床上来。床沉了下去，发出令人担忧的嘎吱声。"这一切无谓的忙乎是怎么回事，是什么搞得你手忙脚乱的？"

玛汀咽下最后一口奶昔，把玻璃杯搁在旁边，然后说道："我不能告诉您。您会恨我，永远不再和我说话的。之后您会告诉本和我外祖母，他们也会恨我的。"

"会那样吗？你一定是搞砸了什么事。

你干了什么——偷饼干？"

玛汀瞪着她："不是闹着玩儿的，要是您知道我做了什么，就会明白我没有在开玩笑。"

格蕾丝沉默片刻："孩子，在我们见面的那天，也是你刚到非洲的那天，你还记得我跟你说了什么吗？"

玛汀当然记得，而且铭记于心。腾达伊到开普敦机场接她，带她驶入了一个五光十色的世界。这里远离身后的英格兰汉普郡灰暗的天空和雪地，远得像去火星一样。

在去往外祖母家的途中，腾达伊先带她到他姨妈家停留了一会儿。格蕾丝摸了摸她的前额，并告知她有特殊的天赋。巫医没有透露那是什么天赋，也没有透露它将怎样改变玛汀的生活，她只是说出了一种预兆。

"你要当心，这个天赋可能是福祐也可能带来灾难，需要你谨慎地做出抉择。"

"你有吗？"格蕾丝此刻问道，"你有没有明智地做出抉择呢？"

"没有，"玛汀忏悔道，"我没有。那就是我受惩罚的原因了。格蕾丝，我的天赋已被剥夺，它消失了。我曾努力医治克利奥——那头犀牛妈妈，却感到有股力量从我体内流出，就像海浪回抽入海那样。"

格蕾丝握住玛汀的手："我可以保证的是，天赋绝不会离你而去。"

"可它确实消退了，它走了！"

"不，孩子，是你离开了你的天赋。你心中有刺，阻滞了你的治愈力。它并不真的存在，只是长在你心里的缘故。"

"我要做什么才能修复它呢？您能去除这根刺吗？"

"没有人可以代劳，孩子。这是你的责任，你是自己心灵的守护人。当你需要时，天赋自然就在，但前提是你心存信念。"

玛汀周围的空气因为格蕾丝话语中的力量，几乎燃烧了起来。玛汀像过去一样半是镇定半是惊恐，她觉得只有格蕾丝可以教她该怎么做。

"格蕾丝，您能透过尸骨，从幽灵或祖先那里知道是谁袭击了我们的犀牛吗？"

格蕾丝躲开了："这个问题你不应该问我，我可不是算命的。"

"您当然是。"玛汀叫道，"您能通灵，过去对我预言的事总会应验，您还帮我救了杰米。求您了，格蕾丝，您可以跟警察说点什么，或许能指引他们抓住偷猎人。"

祖鲁女人拉伸肢体够到双脚，五颜六色的手镯叮当作响。然后，她朝门口走去，不再理睬玛汀。

玛汀从床上跳起来："格蕾丝，等等。我知道您不是算命先生，不好意思。这些天是那么煎熬，我把事情搞得一团糟，假如连您也离我而去，我就真的受不了了。您刚才说去旅行的事，要去哪儿？我愿意跟您去天涯海角，只要您原谅我。"

格蕾丝放下她的包："噢，不会太远，如果你随我去布隆方丹的话，坐今天早上九点的火车，有好心人会去车站接你，带你去金门高地国家公园。"

"在约翰内斯堡那里吗？"

"不，是莱索托附近的金门高地公园。它同样迷人，不过比萨沃博纳古老很多。"

"我外祖母同意的话，我就去。"

"是她让我问问你的。她想要你和本陪着小犀牛，去位于金门高地公园她朋友那边的禁猎区。我正要去那附近探望孙子孙女，所以我说会护送你们一程的。"

"本也要去吗？那我不去了。"

"好吧，没人强迫你。"格蕾丝耸耸肩，"是待在这儿顾影自怜呢，还是去帮助比你处境更糟的无辜生命，由你决定。那头犀牛宝宝是一天比一天虚弱。倘若没有及时得到帮助，毫无疑问它就要完

蛋了，你良心上过得去吗？"

"我不想，但是……"

玛汀脑海中浮现出一段回忆。"凡事事出有因"，她爸爸就在火灾前几个小时对她说过。就算凡事皆有起因，有时也很难理解发生的原因是什么。不过自从她来到非洲，爸爸的话就被一次次证明是对的。虽然她无法改变斯巴达和克利奥的遭遇，可是她确实有机会给它们的儿子一个更好的未来。

"格蕾丝，贾布有什么含义吗？"

"是祖鲁语'欣喜'的意思，怎么了？"

玛汀顿感轻松，她向犀牛妈妈承诺过，无论如何她都不会食言。"那是犀牛宝宝的名字——贾布郎，或称贾布。"

格蕾丝高兴地说："选得好，名字很重要。美好的名字会带给它美好的前程。"

玛汀在"星星点点"之夜后，头一次笑了。她打开柜门说："好吧，告诉我要带什么行李。"

"你能去我很开心，那帮我个小忙当作报答怎么样？和长颈鹿告个别吧。不用担心你们之间的那种魔力会消失，超自然力的纽带依然存在，你们会是一辈子的好朋友。告诉杰米，你有事要料理，会尽快回来的。你们同样需要彼此，但当下贾布是最最需要你的。"

10. 火车旅行

葡萄紫色的火车由橙色的机车头牵引着，远远望去，就像一条大毛毛虫。车厢里面是紫色丝绒面、木质镶板的墙，转角处有洗涤槽，还有肥皂、自来水和柔软的毛巾。窗外，传来搬运工帮助乘客上车的号子声，夹杂着站台的广播通知，还有远远飘来的泰勒·斯威夫特的歌声。玛汀可不希望下一首播放"逃之夭夭"乐队的歌。从犀牛被偷袭那夜起，她已经不能再听他们的音乐了，杰登唱的每个音符都会让她想起自己的所作所为。

她提了提肩上的双肩包，转向本："你想睡哪个床铺？"

面对本，她感到有些羞涩和疏离，他们共同经历的探险像是从没有发生过似的。假如他对她生个气、吼两嗓子，那都会让她轻松些，因为她知道自己罪有应得。可现在他们假装过去的一周什么也没发生，披着礼貌客气的外衣，却竖起了一道无形的屏障。

"你选吧。"本说。

"不用，你先。"

"好吧，我要右边的。"

"不行，你们不能睡这儿，"格蕾丝打断他们，插话道，"拿好你们的物品，你们走错车厢了。"

"没有啊，"玛汀说，"瞧，我们的名字在门上。"

格蕾丝什么也没说，从门上的银色狭槽里揭掉了他们的名签，沿着过道往下走去。她拦住一位身穿藏青色崭新制服的男士，他正准备把箱子推进二号车厢。

"对不起，先生。这间车厢是我的小伙伴的，还请离开。如果你迷路了，十一号车厢是空的。"

男士愤愤不平道："我没有迷路，我的票上就写着是这儿——"

"一定是印刷错误。"格蕾丝不屑一顾，"那么你是要往前挪呢，还是想让我叫保安来，说你设法抢走两个孩子的车厢？"

他怒气冲冲地说："我才没有抢任何东西，这是我购票的车厢，我就要待这儿。"

格蕾丝倾身向前，同他耳语了几句。不管说了什么，效果达到了。只见他一把抓起手提箱，大步走开了。

"都是你们的了。"格蕾丝说完便领着玛汀和本进了车厢，"有任何紧急情况，就到五号车厢找我，午餐再见啦。"

玛汀斜了斜肩膀，背包滑到了地上："那究竟是怎么回事？"

本躺到紫色的卧铺上，试了试弹力："不知道，我不太确定，我也很想知道，应该是中邪之类的。"

玛汀觉得真相差不离吧，她开口笑道："和格蕾丝在一起，一切皆有可能。"

他们俩有了三五句对话，不过彼此要"破冰"还有很长一段路要走。

很小的时候，玛汀就有了对英格兰火车旅行的记忆，她记得那些车厢窗户很少是开着的。想到那些回忆如放在太阳底下的照片般正在褪色，便使她害怕。她眼下正在拼命回忆细节，想让每一张照片都鲜亮起来。脑海里，她将紫色火车换成了汉普郡多雨的月台。

冬天，一个顶着一头乱发的男人，常常在当地车站外的烤架上烤栗子。记忆中那股烧焦的煳味儿香得让她流口水。晚上，通往她家那条绿树成荫的街道上，挤满了遛狗和慢跑的路人。霜冻的早晨，橡树叶飘落一地，它的叶片轮廓雅致，叶脉刷上了冰柱，变成一堆堆幽蓝、金棕的图案铺满了人行道。

"别把头伸出窗外，不然会掉脑袋的。"格蕾丝告诫玛汀，她从车厢门里探出来，打断了玛汀的思索。没等两个孩子反应过来，她就不见了踪影。

的确是这样。非洲的列车上，窗户大开是因为人们喜欢探身出去和路过的朋友们打招呼，或是找寻野生动物。这样做很危险，原因不计其数，尤其是当过往的火车开来时。

对于玛汀和本来说，吹着扑面而来的微风就已经很满足了。那风充满了石楠丛生处硬叶灌木的海盐味和青草味。火车上午九点驶离了开普敦，城市在一条条狭长的海域、沙滩、绿地中飞逝，色调柔和的村舍散布在桌山的坡地之间。

接着映入眼帘的是城郊镇区。玛汀和本看不下去了，令他们愤怒的是，在非洲最富有的国家之一，成千上万的小镇竟塞满了由腐烂木头和瓦楞锈铁搭建的棚屋。在那里，人们冬天冻得发抖，夏天热得发昏。镇上充斥着暴力和绝望，人们迫于生计做着不得已的事。

当人的生命一文不值的时候，犀牛被看作理所当然的猎杀对象就不足为奇了。

小镇让他们想起了不愿想起的事——偷猎者依然逍遥法外。当贫民区渐渐远去，他们看到了一些稍显希望的景象，玛汀这才高兴起来。南非可谓一个地区一个世界。如果你厌倦了褶皱的紫色山脉、开普敦的荷兰房屋和葡萄园，只要等上五分钟，下一幕你就会看到在卡鲁高原赭色台地上啄食的鸵鸟。

"我希望贾布别太害怕。"本说道，"它度过了噩梦不断的一周，一定在想，生活还会扔给它什么更糟糕的东西。"

玛汀心中的刺扎得更深了。迄今为止，她都尽量避免和犀牛宝宝接触。这比想象的容易，因为从格蕾丝告诉她，计划带小犀牛去禁猎区到他们离开萨沃博纳，剩下不到二十四小时。本、腾达伊和兽医乔纳斯把贾布装进板条箱，玛汀则假装忙着帮外祖母做旅行安排、制定餐饮计划。她还同杰米动情地告别了一番，即使她丧失了天赋，它看起来仍然喜欢她。

此时，贾布待在行李车厢，与他们就隔了五节车厢，玛汀没有理由不去看它了。

"过几个小时得去给它喂食，我想我会去看看它怎么样了。"本说，他的眼神里充满不解。玛汀快速翻开她的新书《幽灵船之谜》。"好主意。"她头也不抬地咕哝着。

午餐时间，他们在餐车上隔开的白底条纹用餐区找到了格蕾

丝，她在银晃晃的餐具和上了浆的餐巾前自我反省。她穿着一身绯红底绣黄花的传统连衣裙，一条黄色围巾披在肩上，并以红色头饰做点缀，吸引到众多或欣赏或惊讶的目光。

只消和格蕾丝待一块儿就能使玛汀感觉好些，在她身边就不会无聊。她讲了一个大叔骑自行车时被狮子追的段子，把他们逗得捧腹大笑。说是在精疲力竭绝望之际，大叔扔下自行车束手就擒，可是狮子似乎对自行车更感兴趣。他最后再看时，那家伙居然对着皮座啃得不亦乐乎。

他们聊着聊着，餐车上的人都差不多走完了。在上苹果派和大杯热巧克力的间隙，本去看望了贾布。于是只留下玛汀单独和格蕾

丝一起了。她觉得自己暴露无遗，唯有巫医知道她的心思。不过，格蕾丝全神贯注于杯底的茶叶，那股专注的热情真叫人不安。

终于，格蕾丝把杯子递给了经过的服务生，朝玛汀温和地笑了笑："你们要去的禁猎区是谁在管理？"

"是劳氏的格伦和苏茜，我外祖母和他们认识几十年了。几年前，他们在金门高地国家公园边界开了家犀牛孤儿收容所。他们不收两岁以上的犀牛，所以贾布至少接下来几年会安全度过，很少会有偷猎人在幼崽上浪费时间。"

格蕾丝貌似心不在焉，她望着飞逝的森林皱起眉头，茄紫色的指甲敲击着台面。她们再无交谈，直到本回来。在兽医镇定剂的作用下，贾布昏昏欲睡。不过本说它表现得不错，喝了一瓶犀牛奶，然后才瞌睡起来。看守答应会密切注意它的。

玛汀似听非听。她确信，巫医在那茶叶之中已窥见到了什么不能说的玄机。不论格蕾丝用多少办法去掩饰，她天生有种先知的能力。

"格蕾丝，我担心我的外祖母和杰米。"她说，"警察那边没有一点偷猎者的线索。要是他们卷土重来怎么办？外祖母又独自在家。"

然而，格蕾丝并非在思量托马斯太太或者萨沃博纳的野生动物。她的视线越过玛汀、本，凝神进入一个不属于这个世界的维度。这是一副他们都熟悉的表情，它预示着即将到来的"风暴"，他们不安地相互看了一眼。

"当我还是个孩子的时候，"格蕾丝开口了，"我的外祖父讲了许多在南非发生的淘金故事。早在1886年的威特沃特斯兰德金矿区，普通人、体面人、有家庭的人、心智健全的人纷纷受到传染，似是蠕虫钻进了他们的大脑。任何事情他们都能做得出来，甚至是谋杀。只要这种病侵入了他们的心智，就无法信任他们了。外祖父声称，假如你盯着细看，可以见到蠕虫的眼睛在他们的眼底放光。有时，那些眼睛妒忌得发青；更多时候则是血红血红的，充满了对金子的欲望。"

格蕾丝"啪"地从催眠状态中脱身，这会儿她已经回到了现实中，并看着他们："对偷猎者而言，犀牛角是新的金矿，它引发了同样的热潮、同样的病态。若是你们在任何男女老少眼中辨认出这点，别逞能，别挡他们的道，只管跑吧。"

11. 别怕，贾布

"只管跑吧。"

已经凌晨一点十分了，格蕾丝的话还在玛汀的脑海中萦绕。即使有洁白干净的床单，还有火车在铁轨上奏出的"咔嗒咔嗒"的摇篮曲，也不能使她平静下来。她努力回想"星星点点"旅行团的游客名字，想到完全可能如格蕾丝所说，已有人被传染，对犀牛角金矿产生贪念。蠕虫血红的眼睛可能已经进入了他们的双眼，假如她看到的话，能认出来吗？

陈氏夫妇是最明显的嫌疑对象。他们是香港人，而中国有犀牛角需求量最大的市场。陈先生在游猎期间只留下了只言片语，当他认真说话时却表达了对顾客购买犀牛角制品的赞同。他和夫人早早离开晚宴，据称是因为陈太太患有偏头痛。新管理员托马斯开车送的他们，那他可能也参与其中，会不会是他们一起制订出了这个计划？

托马斯和陈氏夫妇不是唯一的嫌疑人。冲浪者米克也存在嫌疑，他曾欢快地谈论着倒腾几只犀牛角便能生活无忧，他需要做的只是在海边冲冲浪、放轻松。他和同谋有可能抓住机会大赚一笔吗？

还有一件让玛汀睡不好的事，就是她对克利奥的承诺。她发誓要照顾贾布的，可目前还在回避它。想到自己也许就是那个使它无依无靠的人，她内心就忐忑不安。

她不经意间看了看本。火车晃晃悠悠，将星光摇曳得宛如舞动的仙尘拂过他的脸庞。

他大概梦见了夏洛，离开他的小马新伙伴，给他带来了离别的伤感。这也说明他有多想帮助贾布，他早就准备好放弃一周的骑马时间，带小犀牛去金门高地了。

这个想法让玛汀一下子从卧铺上坐起来。她在短睡衣外披上牛仔服，提上她的套衫和靴子，悄悄溜进过道。灯光昏暗，夜风中的沙砾从窗外飞进来。玛汀很想直接返回铺位，双手却系上了鞋带。她下定决心，朝货物车厢的方向走去。

走到车厢与车厢之间时，车底可怕地摇晃着。她担心从这节车厢踏入下节车厢的瞬间，火车会散架。玛汀想象它们往相反的方向被震得嘎嘎响时，自己双脚劈叉的样子。火车底板的空隙间，不断闪过快速倒退的铁轨。

她一度听见两声闷响和一声大叫，于是停下来环顾四周，可又什么都听不到了。飞奔回卧铺安全地带的诱惑非常强烈，但对克利奥的承诺驱使着她继续向前。

她走着走着，车厢"交代"了种种实情：这节车厢有把"电锯"在打鼾；这节有只"小猎犬"在低吼；这节呢，一对夫妻在拌嘴（"你说过！""不，是你说的！"）。

玛汀到达货物车厢，没有再遇到更危险的情况，只撞见一名服务生进隔间取了个托盘。货厢塞满了板条箱、邮袋和大旅行箱，嘎吱呻吟得像个闹鬼的屋子，它们的黑影纷纷投在墙上。看守不在，玛汀怀疑他偷偷打盹儿去了。

她希望装犀牛的板条箱就在眼前，但事与愿违。她不停地在成堆的邮袋上攀爬，又掀开各式箱子的防水罩。有个箱子装着两条小小的但活力十足的鳄鱼，玛汀差点儿吓晕过去。她情愿随本早些过来，那样的话，她就会清楚地知道去哪里找贾布。

终于，一阵悲伤的哼哼声将她引到了货厢最远的角落。在乱糟糟的箱子堆里，犀牛躺在自己的板条箱底。它看起来像个长着百合状耳朵的外星人。玛汀透过铁丝网想尽力使它平静下来，可是不起作用。贾布害怕地喘着气，玛汀很担心它会这么死去。

一冲动，玛汀就打开箱门爬了进去，贾布惊恐地尖叫起来。玛汀期待看守会跑过来，但货物车厢里依然一片漆黑。触碰到小犀牛的时候，它在瑟瑟发抖，玛汀心疼得眼泪都出来了。过去，她甚至有能力让一头野生豹子信赖她；如今，贾布只当她是另一个有潜在危险、会带给它伤痛的人类。

"我向你妈妈保证过我会照顾你的，"她对它嚅嚅耳语道，"不管怎样我得想办法做到。我知道你很害怕很孤独，我也一样，或许我们能找到法子互相帮助。"

她靠着它灰色的肚子蜷成一团，把脸贴在了它的胸前。它又尖叫起来，耳畔传来它怦怦的心跳声。玛汀做了她唯一能想到的事来安抚它——她吟诵了一首威廉·布雷克的诗，那是她为应付

考试学的。

老虎！老虎！

黑夜的森林中燃烧着的煌煌火光。

是怎样的神手或天眼，

造就了你这样的威武堂堂？

就内容来说，这并非最好的选择，但这招确实有效。贾布的脉搏和呼吸都变缓和了，玛汀也是。她渐渐睡去，他们的心跳也同步起来。

凌晨三点，本过来找她，说火车即将到达他们要下车的地方布隆方丹。他原本能早些过来的，没想到碰到了情绪极为激动的看守。十一号车厢发生了一桩盗窃未遂事件。原来是列车上一直有小偷在作祟，铁路公司生怕造成负面影响就隐瞒了此事。他们怀疑是位善于乔装的常客干的，直到今晚才抓到了这个人。

本可不想自己和玛汀成为打劫的对象。然而令他不安的是，格蕾丝通过调换他们的车厢，让另外一位无辜的乘客成了受害者。

她知道的，他想，精明的老巫医从一开始就知道十一号车厢不久将会成为犯罪现场。

"真是我们的幸运日啊，小偷选择十一号车厢下手。"看守对他讲道，"他设法抢的是一位跆拳道七段高手，两拳就被制服了。我已经把他锁在另外的车厢里，一到约翰内斯堡他便会被逮捕，警察会来接站。"

当本终于赶到货物车厢、打开小犀牛的板条箱时，眼前是缠作一团的胳膊和腿。他都分不清贾布的四肢伸到了哪里，玛汀的胳膊和腿又是从哪里伸出来的。

自打"星星点点"旅行团离开的那晚以来，本第一次允许自己怀抱希望。他告诉自己，最后一切都会安然无恙的。

"或许吧。"

12. 金门高地禁猎区

"欢迎来到金门禁猎区，孩子们。长途跋涉后你们一定饿了，我能吃掉一头烤犀牛，另外搭配些杏子酸辣酱。哈，我的夫人来了，这是苏茜，她会带你们去看看住处。等你们冲完澡，著名的金门早餐也就新鲜出炉了。今天是小火炖孔雀吗，亲爱的？还是大厨要供应我的最爱，油炸斑马肉饼呢？"格伦·劳说道。

玛汀正四肢僵硬地爬出越野车，听到格伦的话她吓坏了，惊愕地和本交换了一下眼神。格伦·劳没注意到，只见他系着腰带活像一棵猴面包树，留着的胡须有如等待修剪的树篱笆。他一手拽起他们的双肩包，另一只手拥着苏茜。他的夫人放声大笑，自在地扭动着身体，轻轻拍了拍他的手臂。这位脑袋小小的红发女人，好似久违的朋友一般搂住了孩子们。

"别介意格伦的玩笑哦。一谈到犀牛，特别是犀牛宝宝，他便成了这世上心最软的人。只要出生的小犀牛眨眨眼，就能把他融化成棉花糖。他是素食主义者，所以不必担心我们会招待你们吃跳羚肉汉堡啦。好了，我建议你们把贾布交到能干的格伦手上，我带你们去房间看看。旅途怎么样，累吗？"

十五个小时的火车加上三个半小时的汽车，让玛汀疲惫不堪，只好剩下本去回答苏茜的问题了。玛汀大口喘气，吸进的空气中混合着金银花和犀牛的气息。她想，这就是非洲这片土地如何住进你心里的。它类似这样侵入你的鼻孔，乘着知更鸟、斑鸠、灰蕉鹃的歌声飞入你的耳朵，以天国的远景填满你的视野。边界藩篱外的是恒久不变的非洲场景：茅草小屋、暗淡的蓝色山脉，波浪起伏的牧场上点缀着匹匹斑马，远方的砂岩峭壁在朝阳中闪着金光。

"那么，你们知道这片区域名字的由来了吧？"苏茜边说边带领他们穿过一个蝴蝶翩翩、鸟儿欢腾的花园。木制标示牌上简单地写着目的地，为访客指明去总服务台、葫芦餐厅、犀牛育儿室与主楼的方向。

十栋茅草屋刷着巧克力色的外墙，散布在树丛之中，玛汀和本住七号茅屋。客厅里摆放着厚实的棕皮沙发，铺着多彩的巴索托式地毯，还挂着一幅狮子油画。厨房是开放式的，台面上放着花瓶，里面插满了橘色、黄色的野花。

楼上有三间卧室，最大的那间住着一位德国志愿者——艾米莉娅。

"我想你们应该更希望跟年龄相仿的朋友晚上出去逛逛，而不是同我们几个老古董一起困在主楼里。"苏茜微笑着说，"白天你们会忙于照顾犀牛宝宝，没有时间独处，还会与其他志愿者一块儿在葫芦餐厅吃饭。如有紧急情况，或只是有疑问，就用屋里的电话拨打121，那是主楼号码。遇到什么麻烦，格伦和我都会帮助你们的。

"顺便说一句，在犀牛身边严禁使用电话。失去母兽的幼崽已历尽苦难，免得再让它们遭受那些没完没了的噪音干扰了。如果你们把手机交给我保管的话，我会非常感激。如果想和家里通话，座机随便用。"

她递给他们两件黑色T恤，正面有金门禁猎区的标志："但愿这份礼物能让你们感觉像回到家里一样。我听说，你们俩历尽了千辛万苦，希望在帮助贾布安顿下来的同时，你们能尽情欣赏园区的风景。我听说，五天之后，你们的朋友格蕾丝会送你们回开普敦上中学，期待吗？"

"有那么点儿。"本说。

"不见得。"玛汀坦承道。

苏茜乐了："我以前也那么觉得，结果中学成了我生活中最棒的一段经历。现在，你们已来到这完美的学前训练场。如果你们应付得了年轻的犀牛，那么和新同学相处就是轻而易举的事了。"

葫芦餐厅的早餐有煎薯饼、香草番茄、炸香蕉，还有太阳色的大鸡蛋。

"是恐龙蛋。"格伦一脸严肃地告诉他们，"怎么，你们不相信我？"

他用餐叉指了指海报解释道："迄今发现最久远的恐龙胚胎是1978年在金门高地国家公园找到的。蛋里含有大椎龙胎儿的骨骼化石，大椎龙是三叠纪时期的一种草食性恐龙。

"那是在1.95到2.2亿年前。所以，你们吃的蛋有充裕的时间进化出复杂的味道。你们签过一份免责声明，对吧？假如你们长出了犬牙或变成了槽齿目恐龙，我们是无法对此负责的。"

"劳先生又拿吃的在哄骗你们吗？"大厨过来询问，他端着两大杯麦乳精巧克力奶，"不用担心，你们会慢慢适应的。我们已经习惯了，还不时地将剁碎的食根虫肉末放进他的汤里加以报复，不过——"

格伦气得脸色发紫："卡洛斯，你不会吧……你竟敢？我是素食者！"

大厨咧嘴笑道："我的意思是，人人都有底线嘛。"

"好吧，好吧，算你有理。"

卡洛斯用肘轻轻推了一下玛汀："你要知道，不到半小时之前我亲自收了鸡蛋，放进平底锅那会儿还热乎着呢。"

打消疑虑后，孩子们埋头吃起早餐。他们嚼得津津有味之时，看到了格伦认真的一面，正是这一面使他成为南非首屈一指的犀牛遗孤专家。

"你们做了件正确的事——把犀牛宝宝带来交给我们。多等一天，都有可能失去它。我们已经为它挂上了点滴……"

玛汀的脸"唰"地白了："它不行了吗？"

"我原本也这么想。当时你外祖母描述它有多么无精打采，说她和本很难让它进食，我得承认我很担心。但是这趟火车过来，贾布像是重获新生。它虽然有些脱水，而且为失去妈妈伤心难过着，可仍然有着非比寻常的顽强意志，它想活下去。一旦它较真起来，就能赢得任何一场战役。"

什么战役？玛汀思忖着，它长大后会遇到什么？是偷猎者想要它的角吗？

想着想着，玛汀明白了格伦话里的真正含义。在火车上，贾布莫名其妙地重拾了斗志，她的心微微雀跃了一下。也许，只是也

许，玛汀的安慰帮助它渡过了难关。

本和她想的一模一样。

格伦用纸巾擦了擦胡须，向后推开椅子："如果你们吃完恐龙蛋了，我就带你们逛一圈，把你们介绍给我们团队里的部分人员。我迫不及待地想让你们见见犀牛育儿室的明星们了。"

13. 贾布的山羊伙伴

第一个意外是贾布将和一头毛色白栗相间的山羊共享栏圈，它还长着一对邪恶的尖角。

"我知道你们在想什么。"格伦说，"你们是在好奇，我们是不是失去理智了，居然把贾布和比利放进同一个围场，而没有同其他犀牛孤儿一起待在育儿室，我说得对吗？"

有着蜜黄色马尾辫和黝黑皮肤的艾米莉娅，朝玛汀和本眨眨眼睛："我敢肯定，你们一定觉得他疯了。"

不可否认的是，贾布虽然东倒西歪的，可是看起来获得了重生。它被古怪的同伴弄得目瞪口呆，孩子们穿过门进来，它几乎都没有抬眼看一下。而山羊关心的只有自己的早餐。它安静地咀嚼着，目光愣愣地凝视前方，仿佛有头犀牛在身边，对它而言是件稀松平常的事情。

贾布拖着脚，笨拙地挪近山羊，试图做个立起脚尖旋转的顽皮动作。即便那样，它还是没得到山羊的关注。贾布探出鼻子，啃啃比利的耳朵，想试试它可不可以吃。山羊挑了挑羊角以示警告，又继续吃它的早餐。贾布不耐烦了，将鼻子猛推向比利的肚子下，把

它抬得蹄子悬空。

"你不打算去阻止吗？如果一方受伤了怎么办？"玛汀见山羊咩咩乱叫，便要求道。

格伦张嘴笑着说："如果每次有人这样讲我就可以得到一美元的话，我都开上法拉利了。我向你保证，它们一旦需要帮助，我就会插手的。"

刹那间，山羊飞身一跃，跳到了贾布的背上。贾布呆住了，顿时不知所措。但很快它蹦跳起来，就像西部荒野秀上的一匹野马。

玛汀和本忍不住大笑起来，这是他们见过的最滑稽的事了，很快他们又意识到，这件事让人十分惊喜。原本不可能出现的友谊之花正在他们眼前悄然绽放。

每次比利从贾布的后背上跳开，贾布就会用口鼻蹭蹭对方，直到山羊再次被说服，跳上它的犀牛蹦床。它们你追我赶，玩得不亦乐乎。正当玛汀开始担心贾布是否"表演"过度时，它如同快没电的玩具般放慢了动作，只见它的腿打起弯来，几乎没等合眼就睡着了。比利则依偎在它腹部，脑袋倚靠在它的胸前，也打起了瞌睡。

玛汀看得出了神："太可爱了！"

正说着，玛汀听到了"咯咯"的笑声。透过木篱笆的狭缝，她看到一身尘土覆盖的棕色皮肤，以及如夜猴般乌黑闪亮的眼睛。玛汀微微一笑，上前一步。

那张脸即刻缩了回去，女孩儿赤着脚轻快地跑开了。

格伦关上了门让动物们休息，玛汀在阳光下不由自主地眯起眼睛。禁猎区后面可抄沙土小道穿过树林，通向搭有茅草屋的村庄。她想知道女孩是不是去了那里。

本不停地向格伦提问："你怎么想到那两个物种会相处融洽的？你怎么知道它们不会攻击对方？你怎么就认为它们可以成为朋友？"

格伦被逗乐了："本，但愿我能成为熟知动物行为的奇才，但这很难做到。比利和我们在一块儿好几年了。它还是个孩子的时候，我们把它从残暴的主人那儿救了出来。当时，就差几分钟它就进锅煮了，尽管我觉得用它做任何食物都比煮成汤好。当时它瘦得都能数出身上有几条肋骨。等它长大变强壮后，我们发现了一些有趣的事：它能引起犀牛孤儿的注意，尤其是那些和它一样曾经病重或是命运悲惨的伙伴；同样重要的是，它们崇拜它。如今它成了我们所有新晋宝宝的首席抚育家长。"

"人和动物的区别在于，动物并不会在意差异，它们所关心的只是有没有好感。它们找朋友，可不在乎那是一匹斑马、一只独眼鹦鹉还是一只乌龟，甚至是传统意义上的致命天敌，比如花豹与黑斑羚。"

他从口袋里摸出一串钥匙，打开了一堆复杂的链条枷锁。

"不要觉得奇怪，我们不打算用这些拷住任何不法之徒。"艾米莉娅笑着说道，"而是为了让犀牛待在里头，它们堪称动物界的魔术师。"

"它们怎样做到的呢？"玛汀问，"它们用什么——牙齿吗？"

"它们的角。别傻傻地以为它们笨手笨脚的，一说到撬锁，它们会令保险箱窃贼都自愧不如。"

犀牛育儿室的门打开了，小犀牛们的可爱指数爆表。九个宝宝各玩各的：两个在阴凉处打盹儿，四个在争抢着粉色的大健身球，

其余的在泥坑里翻滚玩耍。它们从头到脚沾满了红色黏土，亮晶晶地泛着水光。在玛汀看来，它们似乎都笑意盈盈。

"谁能想到犀牛是那么有趣？"本望着这些宝宝感叹道，它们追赶粉色健身球的样子，特别像粗壮结实的足球运动员。

艾米莉娅嗤嗤地取笑说："你没见过词典里'有趣'后面的配图吧，有张犀牛宝宝的画呢。说真的，如果任由它们去，这些小家伙会玩上一整天。它们不是在瞌睡就是在玩儿，它们确实也喜欢睡觉，和我一样！朋友们说，就算有个铜管乐队在我卧室里吹奏，我也不会被吵醒。"

一位身穿卡其色管理员套服的科萨人正往泥坑里加水，他伸出粗糙的手和他们握了握，表示欢迎。

"这是古德温，"格伦介绍，"他是我们的育儿室经理。若是没有他和他侄子，我们会抓瞎的……哈，维克多来了。"

维克多戴着细框小圆眼镜，这眼镜好像一个失控的滑雪者，不断地从他鼻子上滑下来。他穿着挺括的白衬衫和粗呢马甲，尽管不太适合与野生动物亲密接触，但玛汀觉得这身穿着还是挺适合他的。除了那副眼镜，他看起来整洁又专业。

"维克多是个大学二年级的兽医学学生。只要一有假期，他就会到金门做志愿服务。"格伦说，"他是个聪明的年轻人，有他在我们很幸运。"

说着，格伦的手机响了一声，他皱起眉头，走开去回短信了。

"维克多是我们村里第一个上大学的男孩。"古德温笑容满面地说道。

他的侄子推了推镜片，迅速让它回到了鼻梁上。

"太不可思议了，维克多！"玛汀说，"你一定很自豪吧？当一名兽医是我的梦想。"

"这是一份很棒的工作，但需要大量的学习和付出。假如你想一夜暴富，那就不用去兽医学校了。"

玛汀吃了一惊："我不在乎钱，帮助动物才是我唯一想做的。"

"我侄子是开玩笑的。"古德温让她放心，"维克多，你怎么了，今天早上醒来就闹脾气吗？"

"我认为成为一名兽医是个美好的目标。"艾米莉娅说，并向玛汀报以鼓励的微笑，"你挽救贾布，就有了一个好的开始。感谢你们带着它从开普敦一路奔赴我们的禁猎区。每当一个新的孤儿来到这里，我们都很悲伤，因为知道那意味着什么；不过我们又很欣喜，因为我们又拯救了一头犀牛。"

"孤儿们长大了会怎么样？"本问道，"你们会忍不住收养它们吗？"

"从不。"格伦大步走过来，"它们属于大自然，那儿才是它们的归宿。"

"可是——"

格伦的手机再次响起来："对不起，孩子们，我有急事要处理。我把你们交给老手古德温和艾米莉娅，他们会给你们布置一些杂

活。我希望托马斯太太告诫过你们，金门不是度假村，我们永远都缺人手，没有那么享受。"

德国女孩目送他离去，眉头稍稍一皱："可怜的格伦，这是世上最好的工作，但也得付出代价呢。"

这让玛汀想起了蒂芙尼——"逃之夭夭"乐队那个脚踩细高跟鞋的公关。"那是什么样的代价呢？"玛汀说。

维克多回应道："有血，有汗，还有泪。"

14. "借" 书的女孩

晚霞的光线斜斜地穿过青铜色的树林，玛汀蹦蹦跳跳地往犀牛总部走去。总部的房子上盖着瓦楞铁的屋顶，里面有两个房间，设有办公室、库房和犀牛治疗中心。

玛汀觉得肌肉一阵阵酸痛，她和本都已经分配到了任务。禁猎区有六匹巴索托小马，多数用来驮着参观者考察。本得知自己将在马厩里照顾它们时，简直欣喜若狂。

"没有哪匹小马能同夏洛媲美。"他向玛汀吐露，"但我能看得出，它们拥有巴索托品种与众不同的所有特质——坚强、温和、忠诚。我如果能从中获得更多的经验，对夏洛也有好处。"

玛汀的任务则是在育儿室帮忙，为贾布和其他小犀牛服务，比如开饭时帮小犀牛取来奶瓶并清洗干净。育儿室就是她此时要去的地方。

刚过晚上六点，犀牛总部就没什么人了。苏茜已经回到和格伦同住的房子开始记账。玛汀走进去，把她的小袋子放在银色的检验台上。对面墙上是一块白色书写板，上面画着图表，标有每头犀牛的奶粉配方。贾布的辅食包括米饭、少量苹果汁、三叶草、初乳与富含维生素的脱脂牛奶。负责泡奶的维克多却不见踪影。

她即将离开的时候，听到计算机键盘的敲击声。维克多正在办公室里俯身鼓捣一个玩具直升机。他身后的笔记本电脑屏上是一片地形模糊的灰色卫星云图和几个黑点。

第六感告诉他，有人在看他。他僵硬地将直升机紧紧抱在胸前，坐在椅子上转过来。

"我来给小犀牛们取奶。"玛汀马上说道。

他恼怒地看了她一会儿，才断定她并非有意窥探："不好意思，我忘了时间……一直在修东西。"

玛汀走近几步："那是一个遥控直升机吗？"

他把它举起来，眼镜片在光下闪烁："其实是台无人机，里面

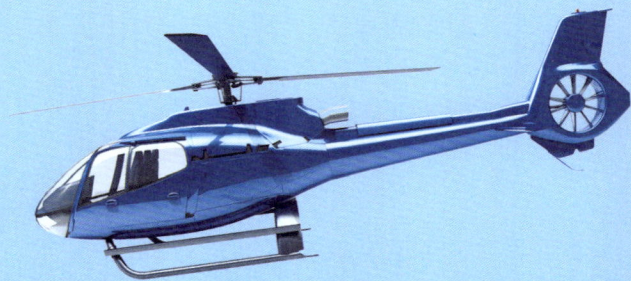

有个摄像头，这是我在兽医学校从事的项目。我们正在开发能在夜间巡逻野生动物保护区的无人机，运用红外线技术找到偷猎者。这样可以让少量的管理员在黑夜里监控到更大的范围。一旦发现有偷猎贼向犀牛或者大象靠近，就可以马上派出反猎捕小分队去对付他们。现实情况是，许多管理员时常是偷猎行为发生后几个小时才仓促行动。"

"要是偷猎贼袭击我们的犀牛时，萨沃博纳有台无人机该多好啊！"玛汀叹了口气，"或许原本可以救出斯巴达和克利奥的。"

她想象着有几百台无人机"嗖嗖"地飞越非洲大陆，向当局就偷猎者猖獗的罪恶活动发出警报。或者，她在生日时为自己许愿要一台无人机，那样的话就能时刻关注杰米了。

维克多在检查直升机的底部，那里装有摄像头。他露出一丝不耐烦的神情："科技呀，为什么老是出错？"

他"砰"地关上笔记本电脑站了起来，给了玛汀一个灿烂的笑容："好吧，咱们去喂犀牛。"

十个粉色奶瓶准备完毕。他们打算出发时，玛汀才注意到她放在救生包里的绣花小袋子不翼而飞了。

"你确定没落在育儿室？"维克多问道，他看了看表，急于回去修他的无人机。

玛汀很肯定并没有。小袋子是她最珍贵的个人物品，走到哪儿她都带着。里边有六个草药小蓝瓶，是格蕾丝给她的，还有附带各种装置的瑞士军刀、镁光手电、绉布绷带和一些纱布，外加一本书。玛汀喜爱阅读，总是随身携带悬疑小说或者动物书籍。一想到有人拿走了这些特别的物件，她简直要抓狂了。

"报警吧，我得找到我的袋子，必须找到。"

维克多苦笑着说："我不想泼你冷水，警察是不会浪费时间来追查一个孩子的手袋的——又不是装有钻石、红宝石之类的，有吗？"

他的语气略带调侃，玛汀朝他翻了个白眼："袋子里的东西对我来说，比全非洲的钻石价值都高。此外，还有我没读完的侦探故事书，刚好到了精彩的章节。"

他的表情一变："你是说包里有本书？"

"嗯，对啊。"

"那样的话，我敢肯定那个毛贼是谁了。"

他大踏步走进院子里，抬手伸入一棵芒果树，抓到了一只棕色的光脚。一个女孩被抖了出来，她吐着口水、嘶嘶叫着活像只野猫，她的脸几乎完全被长发遮住了。《幽灵船之谜》"啪"地掉在她身边的草地上。玛汀吓了一跳，她认出，这是那天早上透过篱笆瞥见的那个破衣烂衫的脏孩子。

女孩试图逃走，维克多一把揪住了她的胳膊。"你说得对，玛汀，咱们报警吧。他们可以把这个不中用的小偷锁起来，钥匙可以扔掉。她因盗窃已被限制在禁猎区活动，但保安似乎没能把她拒之门外。"

　　玛汀有些不快："维克多，由她去，你伤到她了。不能叫警察，她还是个孩子。"

　　"不，我才不是，我快十二岁了。"女孩穿了条肥大的连衣裙，以前可能是黄色的。从她的年龄来看，她的身材偏小，但她清脆、自信的嗓音表明她应该是个个头更高、年龄更大、心智更成熟的不那么邋遢的女孩。"我没有偷你的书，我是借来看看，那不一样。"

　　"你借东西，应该先问问对方才行。"玛汀语气坚定，但还算友好。

"你教她规矩就是在浪费时间，"维克多说，一手把他的眼镜架推上鼻梁，一手紧握那女孩的手臂，"她都不明白'请'这个字的意思。她偷过我的大学课本，几个星期后还回来时，那叫一个破旧不堪，还沾满了脏兮兮的桑葚汁。谁都以为她才是那个攻读学位的人哟。"

"至少我读过了，不像你把时间浪费在电脑纸牌游戏上。"女孩嘲讽道。

"一个字都别信她，玛汀。假如她那么痴迷念书，就会去上学啊。格伦和苏茜帮她付学费，可她整个学期在班上都待不到一天，她是最会逃学的了。"

"那是因为他们学的那些小儿科的东西，我七岁以前就知道了。"女孩告诉他，"有一次我问了老师一个关于 DNA 的问题，她看着我仿佛我在讲拉丁语。维克多，以防你错过兽医学校的那节课，我来告诉你，DNA 就是'脱氧核糖核酸'，所有生命的遗传密码。而你的 DNA 很可能过于简单了。"

她轻而易举地回击了他的责难。玛汀站到他们中间，想把两人分开。

"瞧，我不关心你们做或没做过什么，我想要的就是我的袋子。这是我妈妈临终前给我的最后一件东西，所以意义重大。这本书如果你要，你就先留着。"

"我记得你说正看到精彩的部分了，玛汀。"维克多提醒道。

"没错，但我确定我新学校的图书馆里会有副本的。我可以到那里读完，或许……"她转向那个女孩，"你叫什么名字？"

"司菲索，意思是愿望，有人叫我飒菲。"

一种奇怪的感觉攫住了玛汀。她陪贾布蜷缩在板条箱里时，也有过这种感觉——好像有人用光照亮了她愧疚的心灵。她莞尔一笑："飒菲，等你看完书再说吧。如果你愿意那就这样，你不愿意也没关系。"

维克多不敢相信："她偷你东西，你还奖赏她！"

"她没有偷我的书，是我借她的，现在我允许她保留。她也借了我的袋子，她随时会还我。"玛汀期待地说了后半句。

女孩一跃蹿上了树，从高高在上的树洞里找回了袋子。她下来时脸上带着土、挂着泪痕："我没有损坏任何东西，我发誓我只是好奇。如果知道是你妈妈给你的，她又去世了，我绝不会借过来的。"

黄昏的田地里，传来母牛叮叮当当的颈铃声和小鸟的歌声。育儿室里，犀牛宝宝正嗷嗷待哺。

玛汀用《幽灵船之谜》换回了她的袋子，她说："不用提了，我已经忘了。希望你能喜欢这本书，我可是很着迷呢。"

飒菲没有报以微笑，她一把夺过那书紧紧攥着，生怕玛汀改变主意。

　　"好了，快滚！"维克多说，"如果之后让我在犀牛总部百米范围内逮到你，我一定会报警，别以为我会放过你。"

　　那女孩一溜烟不见了，只剩下树影间晃动的影子。

　　艾米莉娅急匆匆地赶来："什么事让你们耽搁了？若是让犀牛再等下去，我们会被踩扁的。"

　　"是我的错。"玛汀说道，"我以为我的袋子丢了，维克多帮我找到了。奶瓶已经准备好，给我一分钟，我会带上它们以猎豹的速度送达育儿室。"

15. 跟踪格伦

凌晨一点，本再也睡不着了，于是走下楼来到客厅。他给自己倒了一杯热巧克力，坐在沙发上玩迷你 iPad，这是他爸爸上回出海去迪拜时给他带的。有件事，让他连日来都难以入睡：玛汀藏着一个折磨人的秘密，他多么希望她能充分信任他并告诉他一切。虽然本不需要脑外科医生帮忙就可以猜到，这个秘密与萨沃博纳的犀牛被袭事件有关，但他不明白的是玛汀为何自责。

他输入密码，点开了一个文件夹，里面跳出"星星点点"旅行团的游客名单。打头的便是"逃之夭夭"乐队男生、经纪人德克与公关女郎蒂芙尼。

本对屏幕上这几个词都快有条件反射了。从杰登·卢卡斯踏出直升机的那一刻起，玛汀就变得不同寻常了。本也不是才知道她喜欢"逃之夭夭"乐队的音乐，但他之前从未见过玛汀变成女粉丝的样子。这让他很不舒服——好吧，是嫉妒。

他万万没想到，她那么快就成了杰登或利亚姆最好的朋友。流行偶像不会那样做，玛汀也不会。她喜欢大自然，喜欢在繁星下安睡，喜欢生活中简单的事物，虚伪、光鲜的名流圈很快会让她厌烦。

看到玛汀带着杰登和奥莉维亚去看杰米，本便不好受的真实原因是，那让他觉得上中学没什么好期待的了。本羞涩至极，他发现和马呀狗呀聊天都比与人交谈来得容易。玛汀走进他的生活以前，他是风暴十字路口镇最孤独的男孩，总是被欺负、被嘲笑，是玛汀改变了他的生活。他帮玛汀从猎人手里救出了白色长颈鹿，然后她邀请他走进了她的世界。

那是一个危险和奇迹共存的世界，不过说什么他也不愿意再回到过去。在他们一起冒险时，他发现了自己的内心，唤醒了身体里沉睡的活力和勇气。他在孤岛上获救，和海豚游泳，和豹子接触，和大象同行，学习骑马与追踪动物。

新学校威胁到了这一切。还有几周，玛汀将结识一箩筐新朋友，那样对她是有益的，可或许也会让她意识到，他——本，相比之下是多么沉闷。

"给你一便士，告诉我你在想什么。"玛汀的声音突然响起来。

本跳起来，假装满不在乎地说："你不在汉普郡了，我们南非用的是兰特。相信我，我所想的一文不值。"

玛汀坐到他身边，陷入棕色皮沙发里。她留意到他屏幕上的游客名单了："在找嫌疑人吗？"

"是啊，你有什么想法吗？"

"首先，你可以从名单上划掉'逃之夭夭'乐队。他们是一夜

成名的少年百万富翁，怀疑他们为攫取犀牛角围着非洲飞啊飞，简直太愚蠢了。"

本受刺激了："也许不会，也许会呢。我的意思是，他们有的是钱请别人给他们代劳。"

他们目光交会，交战甚烈，本几乎听到了剑拔弩张的声音。终于，玛汀肩膀一垂："你说得对，我们不能删去名单上的任何人，需找到每位晚宴宾客尽量多的信息。我们的座右铭是，证实无辜之前，谁都可能有罪。"

本掩饰住自己的欣慰："把我们的调查称作'拯救犀牛行动'吧，以此纪念南非环保人士伊恩·普莱耶，最近我看了关于他的纪录片。他是祖鲁传奇的保护区督察。20世纪60年代，为了拯救濒临灭绝的南方白犀牛，他将它们送往世界各地的动物园和野生动物保护区。和你我一样，他相信每头犀牛都拥有自由的权利。可是无数的犀牛遭到残杀后，普莱耶博士认为这是保护犀牛的唯一途径。他是对的，南方白犀存活了下来，而北方白犀灭绝了。世界上仅剩下最后一头雄性白犀牛，它叫苏丹，在肯尼亚被二十四小时看护着。它一旦死去，雄性物种将不复存在，此外全世界动物园里还有四头雌性白犀牛。"

"所以我们更有理由要赶在他们再次行动之前，追查偷袭萨沃博纳犀牛的偷猎贼了。"玛汀说，"前几天外祖母打来电话说，警察们一筹莫展，解开谜团还得靠我们自己。'拯救犀牛行动'是个很不错的暗号。不如把宾客名单对半分开。你调查前十二个，我来调查后面的。"

本听出了她的言外之意：假如乐队成员与犯罪活动有关，她不想成为第一个查明真相的人。"你确定？"

"非常确定。艾米莉娅曾经告诉我们，管乐队在她床上演奏都吵不醒她，不过还是不要碰运气了。今晚不要费时研究了，我会用屋子里的电脑先把资料下载下来。虽然电脑有些老旧，但艾米莉娅说可以用。我找到的都会发邮件给你，然后我们可以交换核对。"

他们拼命干活，到两点一刻时，两人都忍不住打起哈欠来。

"我们该睡了。"本说。

"好吧，"玛汀同意，"可我们最好先看一下贾布再上床睡觉。"

穿过洒满月光的花园时，他们分享了当天各自的经历。玛汀告诉本她和飒菲的邂逅。

"飒菲是个头发稀稀拉拉、身材瘦削的女孩，跟我们差不多大，但看着才九岁的样子，而且超级灵光。维克多不喜欢她，但是也不能怪他，因为她没有问就拿走了他的大学课本，可我觉得他内心隐隐害怕那女孩比他还聪明。艾米莉娅为当地学校募集了些善款，她告诉我，飒菲同一个十几岁的姑姑住在一起。她妈妈几年前跟某个爵士乐手私奔了，她是由爸爸带大的。她爸爸是位古生物学家、化石科学家，过去曾在金门高地国家公园工作。"

"过去？"

"九个月前，他死于肺炎。艾米莉娅说，从那时起飒菲就没人管了。而且没人能管她——警察、社工、老师或是她的姑姑都不行。格伦和苏茜与她父亲很熟，他们想方设法帮忙，但她所到之处尽惹麻烦。她和爸爸很亲，他在家教她。然而艾米莉娅告诉我，家教的内容很大一部分是协助她爸爸在国家公园里挖土、发掘，他们形影不离。"

"可怜的女孩！"本叹道，"你把书给了她我很高兴。若是我见着她，也会把我的送她，是一本关于在南极大陆生存的故事书，非常精彩。"

当本打起手电照亮去往育儿室的道路时，犀牛宝宝们神经质地抽起鼻子来。一个黄色的小光点透过树林若隐若现。玛汀怀疑是不是维克多还在修他的无人机。她总是想当然地以为，学兽医学的人都想要亲自为动物治疗，但可能也未必，也可以做些不同的事情。

维克多的偷猎者识别器就是其中之一。

贾布和比利依偎在围场的角落里。本打开门，它们因为腿没站稳向前打了个趔趄，睡意蒙眬地眨了眨眼睛。玛汀俯下身去，朝犀牛的鼻子哈了一口气。它也喷气回应她——两下短的、三下长的，如同犀牛的莫尔斯电码。

"本，你听。"她激动地说，"格伦告诉我，除了灵长目动物和海豚，犀牛的语言可能比任何哺乳动物都丰富易懂。它们的呼吸是有规律的，你只要找出背后的含义，就可以知道它们想告诉你什么了。"

本咧嘴笑道："那不是很酷？要是告诉新学校的同学我们能讲犀牛语，你想他们会怎么说？"

"他们会说我们疯了。"玛汀啼笑皆非，"是酷是疯，我们属于哪种呢？难不成谁在大清早会与犀牛、山羊一同玩耍吗？"

本跳了起来："山羊去哪儿了？玛汀，比利呢？"

门是开着的。

他们停下来把门闩上，以防犀牛也跑掉，然后飞奔进花园。原来比利在厨房后面的蔬菜地里，胡萝卜塞满了腮帮子，它不情愿地被领回了围场。

与此同时，贾布打开了门闩，它也想探索一番。结果证明，赶犀牛宝宝可比赶羊要难许多。主要是因为它像三个汉子一样重。尽管如此，贾布仍然身手敏捷。玛汀和本追着它跳过花坛和沟渠，绕花园转了好几圈。体力快要耗尽时，本终于在口袋里找到了两块方糖，这才把贾布哄骗进了围场。

"这下我知道马儿在比完越野障碍赛后是什么感受了。"玛汀疲惫不堪，试着拂去牛仔裤上的泥巴和芒刺。

贾布看起来洋洋得意，它透过门栅栏对着她直喘气。

"我猜，它是在说：'真是太好玩儿了！你们如果还想玩一次，我随时奉陪。'"本点评道。

玛汀朝犀牛的鼻孔吹了一口气："知道这是什么意思吗，贾布？是人类的语言——谢谢，但不必了，等下个世纪吧。苏茜发现你把她的绣球花糟蹋了，是要宰了我们的。"

"她会的。"本赞成，"如果我们还活着，等卡洛斯看到他的蔬菜地一片狼藉，我们剩下的日子就要吃变味的面包和水了——"

他抓住玛汀的手臂："看树丛中！格伦来了，古德温也在。"

玛汀惊慌地说道："不能让格伦在这儿抓到我们。他会告诉我外祖母，我们深夜在花园里闲逛，然后外祖母会给我们订好回家的火车。快，咱们藏到路虎车后部去。"

他们蹲在积灰的防水罩下，屏住了呼吸，等待脚步声远去。接着，他们感觉到车门打开了，有人爬进车里，车稍微震动了一下。倒霉的事都赶到一块儿了，玛汀沮丧得想哭。她多想现在就回到床上去，眼看他们就要因凌晨三点出来被劝回了。

本也绷紧了弦等着车灯亮起、引擎发动，而车一直在黑暗中缓慢前行，它是被推动的。格伦和古德温想悄无声息地离开禁猎区。

大吉普阴森地安静移动着，持续了漫长的几分钟。即使当发动机启动、车辆提速时，司机也没有打开车灯。

玛汀闭上了眼睛，强烈的睡意迅速流遍了她疲惫的身体。突然，车子停下来了，但只是开了下门又开走了。地面越来越凹凸不平，玛汀和本打算只要一出现机会就跳车，可惜根本没有。为了消磨时间，玛汀努力想象一些天马行空的理由。路虎车减速、转弯、急刹车的过程中，她一口气想了五个。随后，只听得车门"砰砰"甩上，靴子"嘎吱嘎吱"地踩过。

本抬起防水罩，发现他们此刻正处在一个杂草丛生的院子里，那里有一间废弃的红砖大谷仓。屋里打开了强光灯，光线从仓门和开裂的屋顶透出来，照亮了牧草覆盖下的锈耕犁。谷仓后边是低矮的山坡，蒙蒙亮的天色映衬出它们黯淡的轮廓，一排树和灌木丛挡住了谷仓。

"我实在想不出来了，"玛汀说，"你有什么好点子？"

16. 谷仓里的秘密

"我们现在就该坦白交代，告诉他们我们在这儿。"本悄声说道，"现在，诚实是最好的选择。无论他们想干什么，要是等一会儿抓我们个现形，一定会更生气的。假如我们承认偷溜出来看望贾布也算是我们的错，我想格伦一定会觉得很可笑。"

玛汀不这么认为："那取决于他们为什么来这儿，不是吗？涉及非法活动的人都倾向于走旁门左道。"

"是什么让你觉得他们在干非法的事情？可能是在整修谷仓。"

玛汀扬起一条眉毛："凌晨三点？"

"我知道这不太可能，但也许他们都很忙，只有此时能着手料理这些事。格伦是个好人，经营着禁猎区。他卷入犯罪活动的几率微乎其微吧……那是什么？"

"另一辆车来了。呀，我知道了，这是一次秘密集会！"

本伸出头去想看得更清楚些。究竟是谁？他们把灯也关了。

本闪避到防水罩下，用罩子盖住他和玛汀，仅留了一条缝，透过去可以望见谷仓。不久，一辆运马用的卡车倒车至谷仓前。

本耳朵尖，在发动机的轰鸣声中听到了微弱的嗡嗡声。起初他以为声音来自货车车厢，可熄火后那个杂音仍持续着。他抬眼看去，一个蓝色小光点正以"八"字形在谷仓上方移动着，他努力将所看到的想得合乎情理。"有那种蓝色的萤火虫吗？"他问玛汀。

她傻笑道："假如有蓝色萤火虫。它们就不该叫萤火虫，而该叫冰冻苍蝇了吧？"

本看到格伦和古德温出现了，他们去迎接卡车司机。当他再去看那蓝点时，蓝点已经消失了。

几个人握手时，有一位来客的脸仿佛突然亮了一下。玛汀意外地认出他是马吕斯·戈斯博士，慈善机构"为非洲野生动物而战"的会长，就是她记忆中，新年第一天在萨沃博纳收看的早间新闻里的样子，只是他眼下一片青紫，满脸倦容。

"还认为应该出去承认我们在这儿吗？"等他们消失在马厢背后时，玛汀小声地说。

本龇牙咧嘴道："时机不对，事情变得越发有趣了。"

"抱歉把你们约来这里，但我不知道还能去哪里。"戈斯说着，格伦则开始降下马厢的斜坡，"此外，它认识你们，那样一来对付它就该容易些。"

"差别不大。"格伦烦躁起来，"它可能依稀记得我，但如果我们完成得好，它会真的疯掉。"

斜坡降了下来，隐约有个庞然大物喷着鼻息，后边甩着一团灰色。格伦进了谷仓并拉上摇摇欲坠的木门……

"一头犀牛！"本倒吸了口气，"你觉得他们想干什么？"

"我不确定，可我打算弄清楚，来吗？"

树影婆娑，他们从路虎车上滑下来，蹑手蹑脚地挪到谷仓后面。那里有很多砖块散落在地上，他们毫不费力就找到了窥视孔。

一片混乱的景象映入眼帘。一头母犀牛正绕着谷仓横冲直撞，它的犀牛角是他们见过最长的了。看这架势，镇定剂的药效在逐渐消退，它准备碾压并撞飞眼前的任何人。

古德温和戈斯博士明智地选择躲在断壁后观望，而格伦冒险进入了犀牛的视线。犀牛摇晃着面向他，喷着愤怒的鼻息。

格伦双膝跪地。他离本和玛汀特别近，不过一条缝的距离。他开始模拟某种犀牛的莫尔斯电码并且重复了三遍。他在以犀牛的语

言使它安下心来，告诉它周围都是自己人。

效果立竿见影，虽然它的心里依然充满担忧，但它认出了格伦并倾听着，它用有节奏的鼻息询问着。

格伦再次发出了刚才的信号："别害怕，你的周围都是朋友，你是安全的。"

它问了他另外的问题。

玛汀的心头一紧，思绪万千。"他知道答案，"她想，"他会讲犀牛语。"

格伦呼吸着，犀牛回应着他。他又喘了一遍——三下长、一下短、两下中等，犀牛又回应了。然后他径直伸出双臂，像是邀请孩子一样给它一个拥抱。

犀牛毫无预兆地冲向了他。玛汀觉得这位禁猎区主人一定会被踩死的。可是格伦纹丝不动，张开双臂。犀牛跑过去，滑行了一段然后立定，犹如一只温顺的小猫，它将褶皱的灰脸蛋压在他胡子拉碴的黝黑脸庞上。它紧闭双眼，一颗泪珠顺着脸颊的沟纹滚落下来。

"这就是我为何要花费毕生的精力来拯救这些生灵的原因了。以我多年的经验来看，它们有着动物王国里最温柔的天性。"戈斯博士说。

"我对新来的志愿者也是这么说的。"古德温赞同道，"我们在金门收留的每只犀牛宝宝都受过精神创伤，它们目睹了自己的母亲被残害或杀害，见识过枪击、直升机，甚至手榴弹。就拿哈妮来说，它两个月大来到我们身边时受到过惊吓，对谁都怒气冲冲。头

几个星期，都记不清它冲撞了我们多少次。不过一旦它懂得我们是在鼎力相助，它就同收留下来的其他孤儿一样，成了我们最可爱的萌宠。或许我该把它描述为最忠诚的马，犀牛的性情和马很像。"

格伦缓缓起身，揉了揉哈妮的耳后根，使它保持镇定："切入正题，接下来我们做什么？很快天就亮了。马吕斯，我得承认你把哈妮带到这儿来我很不高兴。我知道是我们抚养了它，可我知道它在普马兰加保护区的野外生活得很好。我们禁猎区从未成为偷猎者的目标，希望以后也不要。"

戈斯博士从断壁后面谨慎地走出来："对不起，我解释过，这是紧急情况。尽管保证过严守秘密，一名去普马兰加保护区的访客最近发博客说，经证实，哈妮的角是南非犀牛中最长的，将近一点六米，价值几十万。这个消息被一些当地媒体知道了。我们的慈善机构目前也获得可靠情报，哈妮是南非最抢手的犀牛，国内的每个偷猎者都对它虎视眈眈。"

"那你们希望我们怎么做呢？"格伦问道，"我们的安保措施有限，如今偷猎者又有自动武器。这是一场战役，动物保护区成了战场。我们选择这间谷仓作为哈妮的藏身之所，是因为它在一条废弃的公路边，没什么人经过。尽管如此，我们进进出出，总会引起别人的好奇，被发现也只是时间问题。我们如何将这里保护起来呢？哈妮也不能总住在谷仓，它会疯掉的。"

戈斯博士平复了一下心情说："有件事我没在电话里提，我们出了一个小状况。"

"就知道！"格伦的语气讽刺得很。

"三天前，哈妮生下了一只幼崽，可惜夭折了。从那时起，它一直心碎伤怀、神思恍惚，它需要一个同伴帮它恢复平静。"

"山羊怎么样？"古德温推荐道。

格伦敲了敲犀牛的脑袋："马吕斯，你还没回答我的问题。接下来会发生什么？我能提供的最好的安保措施就是一名看守，这意味着禁猎区夜间将无人看管，所以你得提出其他解决方案，而且要快。我们大概能确保哈妮几天或者一周的安全，但是偷猎者迟早会找到它的，我真的不希望那样。"

玛汀同情起戈斯博士，他看起来备受煎熬。

"格伦，给我们四十八小时想想办法。我慈善机构的朋友们正在所有的站点为哈妮寻找一个永远的家园，我们会有办法的。"戈斯博士说。

17. 锦鲤文身

"我没心情给格伦准备早餐了。"卡洛斯抱怨起来，他给大家上了一道美洲山核桃薄煎饼配枫糖浆，"那些贪婪的狒狒又来糟蹋我的菜地，我问格伦打算怎么处理，竟然得不到任何同情。他告诉我，假如损失的只是些胡萝卜的话，我该认为自己是个幸运儿。"

若是玛汀和本精力十足，他们会为此大笑一番。有一次，他们撞见苏茜，她也把一团乱的花园归罪于一群声名狼藉的狒狒。

"如果再让我看到它们，我就用彩弹枪喷射它们。噢，不用担心，那只是有些刺痛，但不会造成什么伤害，不过是给它们一个教训。"

比利和贾布这对真正的罪魁祸首倒是一副清白相。

"闯祸搭档。"玛汀说道。早餐后，她和本观看起贾布和比利的"骑术"表演。

本遮了遮自己打哈欠的嘴。早上五点，他不得不从床上爬起来去给马匹梳毛刷洗，在那之前他才睡了不到一个小时。玛汀数了数，庆幸自己睡了两个半小时。

"早上好，孩子们。"维克多声音洪亮，"我临时有事，得提前回比勒陀利亚了，和你们告个别。抱歉啊，玛汀，别在乎我昨天那气急败坏的熊样。我考试压力大，可这不是借口。好好享受余下的时光，愿贾布早日康复。"

"嘿，维克多，你想办法修好了吗？"他走时，玛汀喊道。

他转过身，把眼镜推到鼻梁上："修什么？"

"你的无人机呀，你弄明白是什么问题了吗？"

"噢，那个啊。没，我调试到半夜，它坏了，没救了。我会告诉教授我不能参与这个项目了，它太耗费时间了，我要专注于课业。"

"无人机与兽医学有什么关联呢？"等维克多走远后，本问道。

玛汀倚靠在门上，挠挠比利的额头。山羊的白色睫毛忽闪忽闪，它陶醉其中。"我也这么问过。他们学校正在开发带红外摄像头的无人机，可以在夜间巡逻动物保护区，并向管理员预警靠近的偷猎者，它的外观就像迷你直升机。我觉得这是个绝妙的主意。维克多当时看起来相当兴奋，而现在我想他是修得厌烦了。他攻读学位压力很大，全村人的希望都在他一个人身上。"

"嘿，伙计，我到处找你们。"法国志愿者让·皮埃尔笑着走上前来，"今天我要教你们怎样给犀牛宝宝按摩了。"

忙了一整晚，玛汀和本只能白天打个小盹儿振作一下精神。天气炎热难耐，还非常潮湿，犀牛育儿室里的九只小犀牛全挤在坑里打滚。玛汀和本用水管为贾布和比利降温，好让它们凉快凉快。

午餐时，苏茜坚持让所有员工和志愿者休息一会儿。累坏了的孩子们直奔他们的吊床。隆巴迪杨树林中一片芬芳，还有喷泉送来清凉，他们倒头便睡。

晚餐吃烧烤，在南非这被称作烤肉野餐会。主厨卡洛斯端上炭烤土豆、蔬菜烤串、鱼肉烤串、烤甜玉米和希腊沙拉。本和玛汀则碰巧找到一个放有餐后甜点的角落，那里有自制的香草味和姜汁味的冰淇淋。

晚间，苏茜接到电话，说她住在约翰内斯堡的母亲身体不好。她和格伦收拾了外出短住的行李，立刻就出发了。玛汀想，不知道古德温是不是在照顾哈妮，一个人的话工作量还挺大。

晚上十点半，艾米莉娅微微打起鼾来。玛汀和本坐在客厅里，继续调查"星星点点"旅行团的游客名单。

"我应该特别关注哪里呢？"本问。

"事实是我们什么也不知道，"玛汀说，"我们查到的线索也许每一条都很重要，也可能一点用也没有。我们是在黑暗中摸索，只能凭直觉。哪里感觉不对劲了，哪里很可能就有问题。同时注意一下，如果一位游客有同犯，他们很可能装作互不认识。"

她上了网："我要查阅下网站和社交媒体。目前为止每个人看起来都很正常。冲浪者的页面如你所料，上面都是海滩靓照和他们的冲浪视频。我找到两篇讲舞蹈演员阮安的文章。她在越南很出名，但在我看来她过着平淡低调的生活，闲暇时做做园艺。她的叔叔一直待她如父……"

玛汀向下滚动名单："这是我掌握的情况。陈先生是我怀疑的头号对象，不过如果他是犀牛角走私犯，那他掩饰得够好的。他从事保险工作，平时玩高尔夫，没有迹象否认他是罪犯，可也没有任何证据证明他就是罪犯。"

本拿起一支钢笔："或许我们找错了方向，为什么不试着在这些名字旁边写下对每个人的直觉呢？"

当玛汀想起是她告诉杰登犀牛的位置时，一波波羞愧感涌上心头，她还能对本隐瞒多久？

"你怎么不说出你的真实想法？"玛汀为了掩饰自己的内疚，生气地说道，"你想要我承认我面对'逃之夭夭'男生的样子像个花痴，对不对？"

她关闭电脑，跳起来要走。

本惊慌地说道："等等，玛汀，那压根不是我的本意。我想说的是，假使将这点信息与那晚我们的所见所感联系起来，会怎样呢？我拿陈先生打个比方，你坐下来，求你了。"

玛汀不情愿地重新打开电脑。本的目光掠过玛汀的肩膀，看着电脑屏幕上的信息。

"好吧，陈先生三十九岁，是香港 AH 保险公司的一名会计。他和他爱人有个儿子，他在香港皇家高尔夫俱乐部打球。除了知道他们结婚八年，我没有找到陈太太的其他信息。所有这些都没什么用。

"但是如果加上我们自己的观察，事情就变得有点意思了。腾达伊告诉我，当利亚姆提议往犀牛角里注射毒药时，陈先生变得焦虑不安。接着，在晚宴上，我无意中听到他告诉托马斯——那个新管理员，他太太偏头痛病犯得厉害，因为她的中药吃完了。如果他迫切想找到药，很可能会为此不惜任何代价。

"托马斯告诉他，在风暴十字路口镇的药店有治偏头痛的药，可陈先生不感兴趣，说西药无法解决她的问题。后来，我看托马斯拿张纸写了点什么给他。假设他们是在商量联络偷猎者交易犀牛角粉，而托马斯从中收取费用呢？"

玛汀突然冷静下来："一流的侦探推理哦，本。不好意思，我冲你发脾气了。这周真难熬，我累过头也敏感过头了。"

本开心极了，她没再对他恼火。他原本想给她一个拥抱，可那样会怪怪的。他只是说道："还好，如果在偷猎贼杀了克利奥和斯巴达后我才找到它们的话，我会崩溃的。别担心，玛汀，纵使要耗上十年，我们也要找到屠杀犀牛的恶魔。"

他看了看表："我们该睡会儿了，不过在睡下前再调查一位怎么样？瞧瞧我的名单，你听到过什么有趣的对话，或是见过任何怪异的行为吗？"

玛汀深深地吸了口气说："的确有。我们动身去保护区转转之前，我看见杰登跟他的经纪人在芒果树下有过一次争吵。后来，杰登像是警告了德克，让他趁早'搞定'他所做的。他还加了句'如果你搞不定，我来'。德克恼羞成怒、恶语相向，说什么杰登就快过气了。"

本俯身向前："他们在吵些什么你知道吗？"

"完全不知道，不过许多争执都像是与权力、爱情或者钱有关。我怀疑跟权力和爱情没什么关系，那就剩下钱了。"

"有意思。"本若有所思，接着扫了一下自己的笔记，"我相信你对杰登、利亚姆和拉克伦的情况了如指掌，那么我谈谈在德克身上的发现。他生于英国德文郡，是个渔民的长子。他参加过海军，但之后就退役了。他曾在越南西贡的小巷子里遭遇抢劫并差点遇害，是个陌生人救了他的命。他找到了一份在游轮上的工作，那时他落魄到只剩下五英镑。之后，他一路攀升到娱乐主管的职位。在德文郡首府埃克塞特坐火车时，他发现了街角卖艺的杰登，并说服两名选秀栏目的落选者加入组合，接下来的事情众人皆知了。"

玛汀困倦地伸展了下身体："你查过他们的文身吗？"

本撇了撇嘴："没，我跳过了那点，故意的。"

"那个救过德克性命的人，胳膊上有条锦鲤文身。锦鲤是东方鱼类，类似金鱼，只是它们大得多，看起来像是用水彩颜料手绘的。根据中国的传说，如果一条锦鲤成功跃过黄河上的龙门瀑布，它就能变成一条龙。在亚洲文化里，五条金鲤鱼象征永恒的财富与健康。"

本忍住哈欠："引人入胜啊，可对我们有什么用吗？"

"我不确定。德克自从刀伤恢复后，也在胳膊上弄了个鲤鱼文身，向救他的人致敬。他开始管理乐队时，男孩们决定每人都文一条。"

本坐直身子，忽然来了兴趣："如此便有五个鲤鱼文身了，代表永恒的财富与健康吗？"

玛汀停顿了一下。锦鲤的故事她很熟悉，就是万万没想到它在某种意义上或许能说明问题。

"假设你是对的，金钱引起了杰登和德克之间的争论。"本说，"德克可能陷入了财务困境，那便可能成为贩卖犀牛角的动机。让我浏览下乐队的博客、朋友圈和推特页面，也许那儿有线索。"

这时，有人敲门。玛汀的心刚要开始慌乱起来，幸好这敲门声救了她，让她充满感激。她最怕本看到杰登的推特，发现她的秘密。

本没穿鞋，轻手轻脚地走到猫眼前。"我觉得是那个女孩，向你借书的那个。"他低声说道。

玛汀飞奔过去，打开了门。

飒菲站在门口台阶上，穿得破破烂烂的，就像被遗弃在了门前的地垫上。"抱歉这么晚打扰你们，我见亮着灯，想着你们一定想知道犀牛跑了。"

"哪只犀牛？"疲倦之下，玛汀的思绪跳到了哈妮身上。戈斯博士将哈妮带往另一个安全地带了吗？她还想到，飒菲不知道这头犀牛长着破纪录的角呢。

　　"是你们的犀牛，贾布。"飒菲焦急地说，"古德温带走了它的山羊朋友，我想它是感到孤独了。篱笆上被撞了一个大洞，反正它走了。"

18. 贾布跑了

本打开手电筒，照亮了贾布围场外凌乱的小路。他毫不费力地识别出了犀牛的足迹。它尽管身躯庞大，可双脚娇小，僵硬的脚趾在泥地上留下了三叶草形状的脚印。

"夜间，主要的门都是锁上的，它不可能走远。"本说，"我猜它会在育儿室同犀牛宝宝们交朋友，或者去毁坏卡洛斯大厨的菜地。我们之前赶过它，一定可以再哄一回，何况这会儿有三个人呢。"

飒菲感到窘迫，她瞅瞅自己的鞋，一双洁白的运动鞋上布满了斑斑点点的桑葚汁："可能没那么容易。瞧，有个蠢货开小差没有关门。"

"是哪个蠢货啊？"玛汀气恼地说。

"因为她饿极了，只想到卡洛斯在厨房窗台上给她留的吃的。"

"大厨把吃的备好给……给个蠢货？"

飒菲踢开石子，不悦地说道："为什么我们还在浪费时间讨论？你们的小犀牛此时恐怕已经到莱索托了。"

"她说得对，"本说道，"有可能！"

本开始重新仔细研究贾布的足迹。他发现贾布在绕了一小段路去啃食了一阵多汁味美的绿色植物之后，就小跑着直奔门口了。

玛汀望着本用手电筒照亮的碎石路。

"他是萨沃博纳动物追踪者的学徒，萨沃博纳是我外祖母在开普敦经营的野生动物保护区。"她自豪地告诉飒菲。

女孩无动于衷："可惜他不是专业的。"

"他比许多专业人士还要出色，"玛汀力挺本，"我们的管理员腾达伊，把原住民的技能传授给他。他说本生来具备追踪者的洞察力。那可不是后天可以学来的，得有天赋才行。"

本跑回来对她们说："有点麻烦，贾布已跑了至少一个小时，可能是因为那个蠢货在狼吞虎咽地吃晚饭……"

"还有我在看书。"飒菲面带愧色地承认道。

"它跑得太快了，我们走路是赶不上它的。贾布对这一带不熟，什么事都有可能发生，没准是坏事。我去牵一匹小马，这样我们能走更多的路，遇到麻烦还能逃跑。玛汀，或许还要带上你的救生包，再准备些椰子条吃，谁知道我们会出去多久呢？"

飒菲的眼睛里兴奋地闪着光："我也去，没有人比我更熟悉金门高地了。"

"谢谢你的支持，可我们只能带走一匹马。"本说，"我们恐怕得自己去了。而且早晨的时候，你不该待在床上吗？"

"你们不也是吗？"她反驳道，"随便吧！好像我除了黑暗中在爬满莱茵卡奥的地带追赶犀牛外，就没有更好的事可做了！我可不想跟着你们送死。"

"莱茵卡奥？"玛汀紧张起来，"那是什么？"

"环颈喷毒眼镜蛇，这里数不胜数的。不过不必惊慌，它们喷射的毒液最远也就大约二点五米，倘若你们一条都不踩到就没事的。晚安啦！"

他们骑在无鞍的马上，犹如西部片中暗夜里奔走的亡命之徒。玛汀恳求本给这匹叫"塔乌"的巴索托小马配上马鞍，可本无暇顾及了。

"两个人的话，这种骑法舒适得多。"本向她保证，"马鞍是为一个人设计的。"

"可我要是滑下去怎么办？"

"你要扶住我，我可不想你掉下去。快抓紧，玛汀·艾伦！塔乌身高还不到一米五，你平时骑的长颈鹿和它比起来简直是摩天楼。奥运马术比赛的骑手都跨不上你的杰米，他们穿着长靴子会直摇晃的。"

"好吧，我听明白了。"玛汀说着紧贴住他的腰。"对了，我给艾米莉娅留了便条，免得她醒来发现我们不见了而担心。若是我们在她起床前回得来，我再撕掉便条，最好是假装什么事也没发生过吧。"

玛汀本来以为寻找贾布的过程就是在黑暗中缓慢前行，但他们是小跑着出发的，并且没有慢下来。本仔细搜查着压扁的蚂蚁窝、啃过的草地或其他任何犀牛路过的迹象。他在出发时就解释过自己的那一套了。

"你知道次声波吧？"

由于经历过，玛汀自然知道。她与本在莫桑比克的巴扎鲁托群岛被海豚救了以后，做过一个相关的研究项目。人耳能觉察的最低频率是二十赫兹，比这还低的声波称为次声波，只有少数几种动物能够听到。这些动物可以借助它进行远距离的交流。通过研究这个项目，玛汀发现蓝鲸和须鲸发声的频率在十赫兹到三十一赫兹之间。它们传送的信息能穿越海洋，到达好几百公里外的鲸鱼群，如同发短信般快速而有效。

大象发出的次声波也非常不可思议，范围在十五赫兹到三十五赫兹之间。它们只消跺跺脚，信息就可以翻山越岭被十多公里外的象群感知到，这颠覆了玛汀的想象。能听到次声波的动物还有鳄鱼、长颈鹿和欧卡皮鹿。不过玛汀至今都不知道犀牛高居次声波家族的前列，能接收到五赫兹至七十五赫兹的声音波段。

"这听起来有些牵强。"本说，"可我相信贾布正在去往哈妮藏身的谷仓路上。"

"你觉得它们借助次声波交谈过了？"

"无论如何都值得一试，不是吗？我们有两个选择：要么等到早上，那时贾布可能走丢或受伤；要么我们凭直觉行动。我们知道古德温建议过把山羊放进谷仓和哈妮做伴。假如在把山羊运往谷仓的途中，贾布听到了朋友在困境中的呼叫声呢？它也许冲出了圈栏，屁颠屁颠地去营救。当它跑得越来越近后，意识到比利跟另一只犀牛待在一块儿，而这头犀牛特别像自己的母亲。"

玛汀的心因为憧憬而收紧了，如果自己能听见次声波就好了。那时，她也许就能和远去的母亲沟通交谈了吧。

本松开了塔乌，让它放松一下。他们刚才直接穿过灌木丛少走了至少一公里的路程。这会儿他们正走在坑坑洼洼的路上，玛汀估摸着离谷仓还有五分钟的路程。玛汀的屁股被颠得生疼，她早就等不及想下来自己走了。

他们终于到了杂草丛生的院子门口。本将塔乌拴在林中，给了它两根胡萝卜。"我们跟看守哈妮的人要怎么说呢？"他问玛汀。

"我们就实情相告，说我们如果不马上找到贾布，它就可能因为追车而耗尽体力，于是我们循着它的足迹赶到了这里。我们没有叫醒大人或许会招来大麻烦，但那不是什么新鲜事了。"

他笑道:"没错。当然,我也可能完全找错了方向。此时此刻,它也许正在主厨的菜地里熟睡呢。"

本旋亮手电筒,大声叫唤着贾布的名字靠近谷仓。"我们不会被看守不小心击毙了吧?"他又悄声嘀咕。但谷仓一片漆黑,院子里也没有动静。玛汀直起鸡皮疙瘩,总觉得哪里不对劲儿。

他们在废墟后面找到了贾布,它的鼻子紧贴着窥视孔,正同比利、哈妮用有规律的呼吸交流呢。贾布见到玛汀,开心得差点儿把她撞倒。

趁着玛汀使贾布分心之时,本找起了看守。没过多久,本就发现他靠着树瘫倒在地,不省人事。

本扫了一眼他旁边的瓶子:"醉酒渎职。好在格伦不在,否则他会火冒三丈的。"

"不是醉酒,而是被麻醉了。"玛汀倒出剩下的液体,把那暴露真相的白色颗粒拿给本看。

他们睁大眼睛望向草地上泥泞的水坑,这很可能只表明了一件事:偷猎贼来了。

"我们该怎么办?"玛汀惊慌地低声问道,"我们不能抛下动物们不管,它们会被杀害的。"

"假如留下来,遇害的可能是我们。"本的回应令人瑟瑟发抖。

"你走!"玛汀说,"我不会丢下它们任其惨遭毒手的,至少要想办法转移它们。"

"五吨重的犀牛,大块头孤儿,外加长角的山羊,你有什么办法？难道将它们系在塔乌身后，我们骑马疾驰回禁猎区吗？"

"咱们解开它们。"玛汀答道，"如果哈妮能跑起来，它还有一线生机，哪怕是百分之一的机会，也总好过坐以待毙。"

本首先做的便是解开小马："塔乌是我们最小的麻烦了，只要让它走，它就会撒腿跑回禁猎区。幸运的话，有人听到了它的动静，会意识到我们不见了并报警，到那时就看我们的了。"

他们冲到谷仓，门上的挂锁已经脱落，又一迹象表明偷猎贼近在咫尺。尽管如此，

他们仍小心翼翼地缓缓挪动着，不想吓着哈妮，直到劝动它到外边空地上去。

他们并没有留意到贾布的闯入。当贾布见到哈妮，它睡莲浮叶状的耳朵向前扇动，疯狂地尖叫起来，像是在喊："妈妈！妈妈！"

它热情洋溢地奔向哈妮，以至于山羊只好跳开免得被压扁。这股热情并没有感染哈妮。哈妮轻蔑地看了看眼前的小犊子，知道它是冒名顶替的，不是自己的孩子。哈妮跺跺脚，用那细长的犄角戳向它，以示威胁。比利冲过去保护它的朋友，恰如哪吒对阵牛魔王，它的一副小山羊角直刺向哈妮。

"漂亮。"本冷嘲热讽道，"等猎人来时，他们的任务已经完成了一半，这三个家伙在混战中都被抵死了。"

玛汀急切地问："我们该怎么办？"

贾布撤到角落里生起了闷气。相比哈妮，它看起来幼小而脆弱。比利试着用口鼻蹭蹭它，可它忧伤地瘫倒在地上。

"玛汀，没时间了，我们得走了。"本说，"把门开着，哈妮要自谋生路了，我们是挪不动一头有怒气的成年犀牛的。我们更可能死在它脚下，而非偷猎者之手。我们把那段绳子系在比利的项圈上牵走它，但愿贾布会起身跟过来，三个或许能救出俩。"

"本，等等，我觉得哈妮改变心意了。"

犀牛妈妈开始低声吟唱起犀牛式摇篮曲，玛汀觉得很像鲸鱼之歌。贾布没有抬头，但哈妮并不放弃，哼唱得更起劲了，它用角轻柔地帮助贾布起身。当贾布晃晃悠悠地站起来后，哈妮领着它转到自己的腹侧。于是贾布懂了，这位犀牛妈妈的孩子才没，它还有奶水呢。就在不久前，贾布也在贪婪地吮吸着乳汁。哈妮一声叹息，叫人不寒而栗。

一架直升机"呼呼"地靠近，划破了寂静的黑夜。孩子们跑到门口望去，虽是远处的一个小点儿，却往这个方向飞来了。

本将绳子系在山羊的项圈上："快到树林里去，玛汀。国家公园在那座小山的另一侧，如果我们能到小山那儿去，他们也许就不敢追来了。跑起来吧，希望贾布能跟上。"

本一拍哈妮的屁股，它就飞快地跑出谷仓到了树林里。此时直升机轰鸣着飞到他们上空，贾布在追随哈妮和山羊之间犹豫地选了它的伙伴，而比利正被生拉硬拽，极为不满地跟在本身后。哈妮猛蹿到它们后面，它不想失去这新认领的孩子。玛汀也加入了追赶的队伍。难以置信的是，他们五个竟在往同一个方向奔跑。

直升机熄了灯，机上的偷猎者尚未发现他们。飞机即将着陆，谷仓灯火通明。玛汀回头一扫，四名男子跳出了机舱，如同废墟堆外气呼呼的白蚁来来回回地横冲直撞。

直升机又摇晃着飞入空中，用探照灯搜查起树林子来。孩子和动物们马上就要被发现了。

"快点儿！"本喊道，但无济于事。玛汀跑得肚子痛，贾布则耗尽了体力。直升机在头顶盘旋，卷起的沙砾、树皮刺痛了他们的脸。一名男子探出身来，手里端着一架半自动步枪。

他们逃进一片小树林。枝条、荆棘、芒刺刮破了他们的四肢和衣服。正当玛汀以为事情不能变得更糟时，发现一排带刺的铁丝网高栅栏挡住了去路，另一边便是金门高地国家公园。他们陷入了进退两难的境地！

飞行员在找平坦的地方着陆，直升机上的机关枪呼啸而过，螺旋桨的下冲气流卷土而来，动物们惊恐万分。

黑暗中，出现了一个人影："走这条路！"是飒菲。"他们没法在谷仓着陆，我们回到那里去，就能抢得先机了。"

他们跟跟跄跄地跟在她身后，一言不发。比利跟着贾布，后面是哈妮。玛汀跑得上气不接下气，肺都快要炸了。飒菲领队，带他们到了一扇栅栏门前。她有钥匙，他们一通过，她便锁上了门。

"我不行了，贾布也走不动了。"玛汀气喘吁吁，"我们留在队尾，偷猎者不会伤害一个女孩和一头犀牛宝宝的，他们要追的是哈妮。"

"你能行，你可以。"飒菲拉她起身。哈妮同样清楚地感受到了贾布的状况，因为它拿角捅了捅贾布。"我们要么一起走，要么都不走，快动起来。"飒菲说。

突然一声枪响，几名男子来到门前。他们发现门锁住了，怒不可遏，随之而来的是更多的枪声。玛汀发觉没有什么比脱膛的子弹更吓人了。

她跟着其他伙伴滑进一条溪谷，沿废弃的河床摸爬向前。这条河床深得足以让他们躲过偷猎者的眼睛。由于不能打手电，他们行进得很慢，还不时被暗处的树根、石头绊倒。而动物们移动起来毫无困难。

"和我们比起来，它们堪称超人。"玛汀想到了特异功能。

本在最前面，和比利走在一块儿。"是死胡同。"他绝望地叫起来。

直升机再次升空，朝他们飞来。"完蛋了，"玛汀心想，"真的要完了，我们走投无路了！"

她不指望飒菲表现得如超级英雄一般。但只见她猛地越过本，赤手空拳翻开了一块"岩石"。这里看似是死路一条，实际是印在耐磨织布上的一张照片制造了错觉，布的后面是一个豁开的黑洞。疲倦的动物们一个挨一个地走了进去，那块布又盖住洞口，他们暂时安全了。

19. 飒菲的洞穴之家

"那是我爸爸的主意。"飒菲说，"他是古生物学团队的一员，早在20世纪70年代，他们就在金门发掘出了地球上最古老的恐龙胚胎。他的相片我保留得不多，这是其中之一。"

她把装在复古相框里的黑白照片递给他们："中间那个是他，戴着阔边丛林帽，笑容满面。我回忆中最美好的时刻便是看他把考古笔记整理出来的时候。大多数孩子会觉得乏味，对吗？但我不会。没有哪个古生物学家会只把那些尘土当成藏着虫子的泥巴，我认为它们是历史再现。这里的每桶泥土里都可能含有两亿年前三叠纪时期的植物或蛋的化石颗粒。它们可能是骨头碎片也可能是

一对牙齿……嗯，我刚才讲到哪儿来着？"

"你说在这个洞穴里安家是你父亲的主意。"本提示道。

她咧嘴笑道："哦，对。在我妈妈跟一个爵士乐手跑了之后——老实说，我可以接受，反正感觉她好像也不是特别喜欢我们——爸爸和我待在这里的时间越来越多。他在家教我，所以我不用非得去学校上课。有一次躲避冰雹时，我们发现了这个地方，我跟爸爸开玩笑说：'我们住这儿多好，何必每天费力开车往返村庄十个来回？'

"我爸爸最棒的一点是喜欢天马行空的想法，越疯狂他越喜欢。他一点都不像其他的成年人，当时他就答应说：'飒菲，这是我听过最令人满意的安排，至少一个小时之内是这样。咱们说干就干，明天开始搬家吧，这里可以成为我们的第二个家。'"

玛汀抿了口飒菲的豆草茶，环视了一下洞穴。这个洞穴比她到访过的多数房子都更有家的感觉。房子有两个部分，底层是一个较大的洞，风沙不断侵蚀让它历尽沧桑，洞内有一个如同大教堂的拱顶。当玛汀转过头去看动物们时，贾布正忙着从哈妮那儿多吃点奶，比利则心满意足地嚼着干玉米和稻草帽当消夜。

第二块布后的入口通向一条狭窄的隧道，陡峭湿滑的岩石台阶通往一个较小的洞。就在这里，飒菲和她父亲搭起了这个舒适的小窝。他们中只要有谁动了一下，影子就会在墙上跳跃，俨然一幅幅活的洞穴壁画。

玛汀看得如痴如醉，仿佛已置身壁画中，能立刻入画。山洞地上有两个床垫和一个豆袋坐垫，下面都铺着胭脂红、浆果红的巴索托式毯子。靠近小书桌和椅子的墙边有一块精致的搁板，上面放满了草药和记载三叠纪怪物的各种书籍，《幽灵船之谜》也光荣地占有一席之地。

那里甚至还有一个迷你厨房。令玛汀惊讶的是，一切都是那么干净整洁：一袋袋干豆、大米，一罐罐辣椒、炼乳，储存在老式的菜篮子里；岩壁裂缝中敲入了木钉，上面挂着两口烧焦的锅；一台便携式煤气炉安放在水桶旁；由细枝捆成的扫帚放在角落里。

这是一个极其私人的空间，充满了融融爱意。玛汀清楚地知道，飒菲在经历过丧父之痛后一定是倍感孤独的。"你想死你爸爸了吧？"她的声音哽咽着。

飒菲摇摇头说："在这里不会。只要是待在洞穴里，就依然会感觉他和我同在。以前，他会坐在书桌前阅读，密密麻麻地写着笔记，有时直到天亮。他如此辛苦地工作，像是知道自己时日无多，他想尽可能地多做研究、多留信息，也尽量多地教我一些知识，可惜那一点用都没有。"

她用力揉揉眼睛："他会为现在的我感到羞耻，衣衫褴褛的逃学小偷，那就是我。今年的考试我都没过。"

本从豆袋坐垫上直起身来："羞耻？你不会是在开玩笑吧？今晚你救了两名无知少年、一只山羊、一个骨瘦如柴的犀牛孤儿和一头号称拥有南非最长角的雌性南方白犀牛。若是能摆脱这种困境，有朝一日，贾布会长成一

头强有力的公犀牛。"

飒菲目瞪口呆:"啊,难怪他们这样拼命想得到它,他们嗅出了金子的味道。哎,我真后悔跟着你们来了,还在担心你们可能被人打劫。我拿一管咝咝作响的炸药捅个马蜂窝,都会来得更安全吧?"

她以挑衅的目光盯着他们看:"我们别再绕圈子了,我认为你们欠我一个真相。这是个天大的巧合吗?你们出去找贾布,结果发现自己在营救一头不同寻常的犀牛,它长着破世界纪录的角,招来了一伙乘直升机乱开枪的疯子?"

"说来话长。"玛汀承认。

飒菲的一口白牙在烛光下闪动:"我们有整晚的时间。我不急着去别处,也不用同偷猎贼周旋,你们呢?"

这时已近凌晨两点,巴索托毛毯正在召唤(他们去睡觉)。但玛汀和本觉得理应给恩人一个合理的解释,他们只好用疲倦而沙哑的嗓音讲起了自己的故事。

此时,他们回忆起火车上巫医的忠告:假如你使劲儿凝视拜金者的眼睛,可以见到邪恶的蠕虫之眼在他们的眼底放出血红的光。

"格蕾丝说,对于偷猎者而言,犀牛角就是新的金矿。"玛汀说道,"它引发了同样的疯狂行为。她告诉我们,若是我们在任何男女老少中辨认出这点,千万别挡他们的道,应赶快逃跑。"

"目前看来,那是个中肯的建议。"飒菲评论道。

玛汀沉默了片刻说:"你认为两次袭击有关联吗?萨沃博纳那

次和昨晚这次，是不是同一伙人干的？"

"在我们确定嫌疑人之前，这很难讲。"本答道，"此时'拯救犀牛行动'犹如阿加莎·克里斯蒂侦探电影的最后场景。十个人聚集在会客厅，大侦探波罗一一分析每个人谋害男管家的作案动机。如今只有他可以解开谜团了，我们毫无头绪。"

"阿加莎什么？"飒菲问起，"我长这么大只看过一部电影《侏罗纪公园》，拍得很酷却搞混了所有科学常识。没关系，我懂你们的意思。瞧，有时候外界的观点也会很有启发。我常年协助爸爸做科研，你们不妨说说目前所发现的，我看看是否能找出不合情理之处。"

"行啊。"玛汀无精打采地应道，她瞥了一眼本。"拯救犀牛行动"是他们的发明，她不愿让别人插手。虽说如此，新颖的想法或许能带来突破。

"奇怪的是，拯救哈妮的任务是绝密的，才进行那么两天，"本说，"仅有少数几个信得过的人参与其中。偷猎者怎么那么快追查到它的下落了呢？"

"我脑袋疼，"玛汀说，"我全身每处都疼。不如先睡上一觉，明天早上咱们再继续讨论？"

"好主意。"飒菲打了个哈欠。

"你们女生睡床，"本疲倦地说，"我睡豆袋就好。只要能合眼，睡钉子床我也乐意。"

飒菲扔给他一条毯子："想睡多久睡多久。明天我们再解决搬去哪里以及怎样获得援助的问题。夜晚再次降临时，就不能待在这里了，偷猎贼会带上援兵回来的。"

本没有回应，他已经睡死过去了。

飒菲和玛汀最后一次确认了动物们的安全。犀牛间的碰撞消停了，比利依偎在一团灰色的肢体中。没有了手电筒光的追逐，动物们不再冲动。

"我从未如此亲密地接触过完全长成的犀牛。"飒菲感到惊奇，"哈妮看起来是那么天真，好似武装着铠甲的天使。"

玛汀笑了："它就是。很难相信这世间有那样贪婪而迷信的人，为了一根成分和手指甲没差多少的角，竟要毁了它。非洲犀牛在这个星球上已生存了六千万年，西藏的长毛犀牛存活了一整个冰河时代！但如今的犀牛在我们离开校园时就可能已经绝种了，想想就觉得可怕。"

飒菲蜷缩进毯子里说："爸爸时常告诉我，人们误以为古生物学就是研究过去的，其实它是通过了解过去以创造更美好的未来。今晚发生的事使我想起了他的话，我要让他为我感到骄傲。我不会让犀牛死去，我不会袖手旁观的。"

玛汀在睡梦中喃喃自语："我也不会，我保证。"

20. 巨蟒团伙

"我不会在一只山羊身上浪费力气的，"值班警官莫萨卡说，"相信我，若是有人偷这货是为了昨晚做顿咖喱羊排，证据早被吞进肚子里了。"

格伦控制住自己尽量不发脾气。他曾读过一篇关于专注力的文章，声称在面对巨大压力时，将注意力集中到一个脚趾上会有帮助。他尝试了一下，但一点用也没有。

"我提到比利是因为直觉告诉我，它掌管着揭开整个谜团的钥匙。我自然无法知道山羊、孩子们和犀牛是不是在一处，孩子们被掳走而比利成了饥饿村民的战利品，还是……"

"反之亦然。"格伦随口应了一声，脑中混乱得很，他整晚没合眼睡过了。他开了好几个小时的车去看望苏茜病重的母亲，结果发现她非常健康。说来奇怪，养老院没人承认打过那通电话说老人病了。当时格伦如释重负，以他认为只是有人误传了信息。只是当他和苏茜回到禁猎区才发现天下大乱了。他这才意识到那通电话是个圈套，有人想调虎离山。

值班警官莫萨卡翻开记录本新的一页："你刚说有三个孩子失踪，不是两个，对吗？劳先生，如果你都数不清楚，难怪他们会丢。描述下这个比利吧，他有别的名字吗？"

"比利是只山羊。"格伦咬牙切齿道。

"又是山羊！"

"是的，我一直在解释，我们暂时把它放在位于胡兀鹫路的谷仓里。贾布喜欢它，而犀牛和山羊是无法进行远距离沟通的。如果它逃出栏圈，有可能是因为它苦苦思念比利，谷仓可能就是它要去的地方。我们从玛汀的留言中得知，她和本出去找小犀牛了，他们可能设法追到它。"

"大半夜的吗？"

"似乎是，与其叫醒古德温或我们的志愿者，他们不如亲自出马了。"

"你没有警告他们，在恶棍横行的地区夜里跑出去很危险吗？"莫萨卡兴师问罪起来。

"我还没来得及啊，他们在禁猎区刚待上两天。最近，一对犀牛在东开普省玛汀外祖母的保护区遭到偷猎者侵袭。孩子们来到金门一来是送犀牛孤儿的，二来他们为发生在

萨沃博纳的事深感苦恼，托马斯太太希望他们来犀牛禁猎区进行一次治愈之旅。"

格伦痛苦地拽拉着自己的胡子："我还没把他们失踪的实情告诉她，我想先跟你们讲讲。我一直希望这只是一场噩梦。与他们住一栋小屋的志愿者艾米莉娅非常震惊。她一整夜都睡得很香，今天早上起床打算干杂活时，还想着他们是在睡懒觉。直到九点，她才看到玛汀的便条。"

警官向后倒在椅子上，指着格伦，抖了抖钢笔："她外祖母饶不了你，劳先生。丢一个孩子已经够糟的了，你还丢了俩，再加上山羊和犀牛，还全在同一晚，十足的疏忽大意呀。"

"说得是，但你们打算怎么处理？"格伦想冲他喊，但克制住了自己，"另外，村民让我报告一下，飒菲昨晚也没回家。虽说这司空见惯，但也可能是又一个巧合。她是国家公园古生物学家的女儿——"

"我很清楚飒菲。"莫萨卡皱起眉头来，"我们收到比惯犯窃贼更多的投诉是关于那个女生逃学、'借'东西的劣迹。她的姑姑放任这孩子胡作非为，她父亲在世的时候同样不负责任，拉着她在公园里到处挖恐龙。交给我吧，我来联络社会福利部门，该是让他们照看她的时候了。"

"别那样做，求你了……"

警官调正了座椅，五根胖手指敲着桌子："有件事情让我不理解，那山羊在一间废谷仓里做什么？它离你的保护区至少有两公里呢。"

格伦迟疑了，他若是向一个警察泄露了那里存有南非角最长的犀牛，警察可能轻易就腐化堕落了，那样马吕斯非掐死他不可。可是他还有什么选择？

"我们把山羊放在谷仓里，是为了安抚另一头犀牛——成年母犀牛，名叫哈妮。"

莫萨卡条件反射地咬咬笔头："如果我没搞错，你自己的房子占地五十英亩，就找不到一个角落让哈妮容身吗？那是个犀牛禁猎区，不是吗？"

"它患有少见的传染病，"格伦随机应变道，"我们为妥善看管，就把它搁在谷仓，当时是临时安排的。"

警官把这段笔录写得很显眼：**染病的哈妮被搁在废弃的谷仓里是为了妥善看管它**。他在最后几个字下画了好几道："你说了'当时'。"

"什么？"

"你用的是过去时态。我猜猜——这头犀牛也消失了？"

"恐怕是的。"

"所以按目前算来，两头犀牛、三个孩子和一只山羊在一夜之间纷纷神秘失踪，而当时你恰好不在镇上。"

这谈话的情形连格伦自己听起来都觉得越来越荒唐。他决定不提维克多了，自从昨天早上他搭巴士去比勒陀利亚后，就没再听到他的消息了。

"还有一件事。"他说。

"又一个失踪的动物吗？猫猫狗狗，还是你的夫人？如果她走丢了，说真的，我不会怪她的。"

"孩子们彼此认识。"格伦对警官的挖苦不予理睬，他说，"据说，玛汀给过飒菲一本侦探小说。"

"侦探小说？"

"有关一艘幽灵船的故事。"

窗外突然爆出一阵笑声，莫萨卡妒忌地瞄了一眼去吃午餐的同事们。他合上了记录本："假使那冒失鬼飒菲的确与本、玛汀在一块儿，我想她已带他们误入歧途了。他们玩起了游戏，或是藏进了洞穴，甚至有那几只动物做伴，他们饿了自然会回家的。如果傍晚还没发现他们的踪迹，再联系我吧。在那以前，先生，我要对你说再见了。"

偷猎者巨蟒团伙的头目是那类在夜里戴镜面太阳镜的人。谣传他用机油抹在肌肉上，使它黝黑发亮。无论天气如何，他都穿着迷彩裤和佩有上校徽章的皮夹克。这些是他当国民警卫队士兵时偷来的，后来他因此事受到了撤职处分。

"没有什么会比被布尔犀牛黑手党欺骗更令我不满的了。"他怏怏道。他说的是几年前，南非白人兄弟承认杀死了十九只犀牛，包括小犀牛的事。

"这次不是他们，上校。"阿飞说，"那些布尔人肚子大得像孕妇，他们跑得贼快。"正是这个阿飞在带人追杀哈妮。

"是费雷拉帮派、刚果人，还是那些在联盟中与泰国野生动物团伙联手的莫桑比克盗贼？难道这些天他们也在忙着敲诈和洗钱？"

"我不这么认为，上校。这些偷猎者个子矮小，我想是几个小毛贼。"

"毛头小孩？老实说，有些团伙简直丧尽天良。贩卖野生动物专属偷猎人的日子一去不返了，现在有的保护区负责人伙同南非、津巴布韦的军队分子插足犀牛角贸易。我知道的就有两名法官、九到十位政府官员、野生动物兽医、飞行员以及至少四个慈善机构职员，我们还没算上外国人。仔细想想，阿飞，他们当中谁有可能被训练来削弱我们的力量？"

"可惜天色太暗，看不清楚。"阿飞说着从上校的半自动武器前慢慢挪开。他真想下辈子换个行当，最好老板不会动不动就发脾气，还一手端着啤酒一手揣着上了膛的枪。

上校似乎看穿了他的心思，将步枪放在一边，捡起一枚手榴弹，他曾经用这枚手榴弹来镇纸。他开始抛接着耍起来："我们新的线人——发现那破纪录的犀牛角的人，他怎么说的？"

阿飞又退后一步："他用了一台无人机，老大，有夜视技术和摄像头。他在弄什么大学项目。他在做飞行测试时，发现慈善机构那位令人恼火的戈斯博士正把母犀牛卸下车来。他说读过关于南非最长的犀牛角的记录，并将两者做了比对，他通过暗网和我们联络上的。"

"虽然很隐蔽，但不够谨慎。"上校低吼道，"有的团伙已获悉我们的计划，但只要快速行动，我们仍然能赢。根据你的情报，犀牛已逃入国家公园。我们必须先发制人，最好赶在今天黄昏动手，除了放手一搏，也没有别的办法了。和你的线人取得联系，让他探测一下情况。他既然找到过犀牛，就能再找到第二次。"

21. 叛徒维克多

玛汀喝了一口本带给她的猴面包树咖啡，又在马克杯里泡上炼乳脆饼干。他们沐浴在正午的阳光下，透过圆形巨石之间的缝隙望着洞外的景色。山洞生活有着许多吸引人的地方，但淋浴不能算在其中。飒菲的父亲草草地把一套雨水箱系统装在一块悬垂的巨石下。这虽然是在户外，但玛汀真的不介意，因为边洗澡边眺望回声峡谷很是享受，只是会冻得全身麻木、牙齿打架。现在玛汀明白了，飒菲之所以看起来总像是脑后甩着一丛山龙眼灌木似的，原来是因为她姑姑家里没有自来水。

"高托斯，勒菲罗哇？"飒菲叫道，她也爬上去冲了冲，穿上了一件她爸爸的旧衬衫。因为衣服太长，她只好在腰间用带子系住，成了一条连衣裙。

"什么意思？"玛汀问。

"是南非巴索托语'和平，你好吗'的意思。"

玛汀叹道："我真想在这迷人的环境中好好享受休闲时光，但又不能放任那帮偷猎贼胡作非为。如果你没有出现的话，他们早就把我们干掉，向哈妮下手了。"

"有可能。"飒菲点点头。

本把剩下的脆饼干扔给一只黄色胸脯的皮皮鸟。"我想知道是谁背叛了戈斯博士和格伦。哈妮在谷仓里总共待了十七个小时，偷猎者至少需要两三个小时去组织这次袭击，那就只剩下大约十五个小时了。谁有机会呢？偶然经过的路人，与禁猎区有关联的人，或者是慈善机构的职员？"

"还有一种可能，"玛汀补充道，"如飒菲昨晚所说，这次入侵在某种程度上和萨沃博纳那次有关联。偷猎头目大概知道贾布转移到了金门禁猎区，并决意将一些稍大的犀牛孤儿作为攻击目标，以获取小犀牛角。在搜寻这片区域时，他们意外地发现了哈妮。"

飒菲不太确信地说："听起来有点牵强。"

"要是有维克多的无人机该多好。"本说，"它可以充当我们的眼睛，让它绕着金门高地飞行……这公园有多大，飒菲？"

"八万四千英亩。"

"我们可以用无人机为哈妮找个安身之所，同时追踪偷猎者。"

玛汀呛了一口咖啡："什……什么？"

飒菲拍拍她的后背："你还好吧？看起来不太舒服。"

"本说让无人机当我们的眼睛，问题就在这里。"

"有什么问题？"本不太理解。

"维克多向我解释他的大学项目时，说过他就是要让无人机在夜间绕着动物保护区"嗖嗖"地转，使用红外摄像头搜索狩猎者，并将画面传给办公室屏幕前监视的管理员。我认为那是一个绝妙的想法，可后来意识到好人能用的技术，坏人也可以。"

本注视着她："难道你想的和我一样吗？"

玛汀说："在谷仓，你见到的蓝色萤火虫压根儿不是虫子，而是台无人机。"

飒菲饶有兴致地观察起他们："你们经常这样——彼此心灵相通吗？"

他们俩都没听到她说的话。

"那就只剩下两种情况。"本说道，"不是偷猎贼在运送哈妮当晚碰巧控制着一台无人机，就是维克多在撒谎说他的无人机坏了。"

"要是他不了解哈妮的情况，他为什么要撒谎？"玛汀停顿道，"可他正受训成为一名兽医呢，他本该是爱护动物的。他不可能在背地里做这些伤天害理的事情吧。若是知道侄子与偷猎者暗自勾结，古德温会伤心欲绝的。他对维克多寄予了厚望，要他成为村里第一个大学毕业生呢。"

"也许那就是他步入歧途的原因。"本说，"他就是因为想成功承受了太大的压力。飒菲，你对维克多了解多少？玛汀告诉我，他对你不太友好。"

飒菲开口说道："是的，但我真不怪他。我借了他的兽医辞典一个月，还他时上面满是桑葚汁污渍、铅笔标记。我还借走过他其他的书。不过那不是他对我怒不可遏的真实原因，他恨的是我知道他的弱点。"

玛汀放下杯子说："什么弱点？"

"他有'拼命三郎'之称，因为在禁猎区他常常熬到半夜，据说是埋头学习。其实就我清楚，他是在手提电脑上玩牌。"

"你是说单人纸牌游戏？"本问，"那也没有什么害处。"

"不是，是扑克牌，他好赌博。"

"天哪！"玛汀惊讶地说道，"我想我们找到了问题的关键。"

22. 与玛汀绝交

南非秃鹫乘着气流飞翔在砂岩悬崖之上，紧紧盯着巨石下一只胖乎乎的岩蹄兔。午后的阳光照耀着贫瘠的草原，一支古怪的队列在缓缓移动。秃鹫感到好奇，竟转移了注意力。

玛汀他们在一个巴索托民间故事的启发下，制订出了逃生计划。飒菲眉飞色舞地说："传说在几个世纪前，一头怪兽出现并控制了整个巴索托国。所有人都被抓起来了，只有一位孕妇在牛粪和土灰的伪装下逃跑成功。她能幸免于难是因为怪兽把她误当成一块岩石了。她生下的男孩，长大后成了一名优秀的勇士。他披上巴索托毛毯，提起长矛和盾牌，杀死了怪兽并释放了俘虏。"

"故事很精彩，但对我们来说有什么用呢？"玛汀问道。

飒菲看到她心不在焉，知道玛汀的脑细胞一定是快死光了。她接着说："偷猎贼预料我们今晚会设法逃跑，他们到时候会守株待兔。咱们像勇士的母亲一样用伪装术，出其不意地在光天化日之下离开。"

"怎么伪装？"本问，"我们可以乔装自己，但根本掩饰不了一头五吨的犀牛。"

"哦？是吗？瞧我的。"

几小时后，他们列队出发穿过公园。本再次牵着比利，但山羊已不再是白毛夹杂着栗色，泥土和粪便的混合物将其涂抹成砂岩的颜色。

贾布被木炭上了色，现在它是深灰色的。飒菲用湿煤烟绘出一排潇洒的鬃毛，让它看起来活像一头超重的角马（又叫牛羚）。

哈妮的外观是变化最大的。他们往它身上倒了一桶用煤烟染黑的水之后，拿细绳将一对老水牛的角绑在它头上。飒菲把犀牛自己的大长角用棕色、绿色的布条缠绕包裹起来，希望它在大片亚麻色草皮中不被发现。哈妮耐着性子忍受着一切，这足以证明它已经对他们产生了信任感。

"虽然这样近距离看还是会被人发现，"飒菲说，"可如果偷猎贼在直升机上追捕哈妮，或者维克多用无人机侦察园区，那他们很难会在一群非洲牛羚中找到它。"

他们一致认为，维克多如果真的掺和其中，那么去禁猎区找人帮忙反而会浪费时间。因为那样的话，还要花时间说服格伦和古德温相信他的罪行。倘若维克多听到风声，他也许就会从学校寓所或任何他所在的地方突然消失。

他们现在只能向戈斯博士求助了。为了联系上戈斯博士，大家决定派飒菲横穿整个公园到马特兰肯草药小径去求助。那里住着一位生态学家亚伦，他曾是她父亲的至交。她信得过他，确定他会让她发信息。

"我会告诉亚伦我急需联络戈斯博士，而不说原因。他和博士的慈善机构有合作，所以一定有他的私人电话或知道谁有。我会

给博士发条加密短信。"此时，她正穿着传统连衣裙，披着巴索托人在旅行中常备的巴索托毛毯。

"你觉得她看上去怎么样？"玛汀惊讶地问道，她难得遇见这般足智多谋的机灵女孩。裹在鲜红毯子里的飒菲气度非凡，好像一夜之间长大了。他们的任务给了她战斗的动力，她变得酷似传说中斩妖除魔的勇士。

"我会写上：紧急关头，找到哈妮的最佳地点是金门角马群，找到朋友的最佳地点是日落时分的布兰德威格扶壁。"

"我不太清楚那是什么意思，但听起来不错。"

"意思是，"飒菲说，"如果他想救他的宝贝犀牛和犀牛的援救者，就会发现我们远在天边近在眼前。"

那天下午，玛汀和本带领比利和犀牛们去回声峡谷。那里有一大群牛羚在吃草，他们小心地与牛羚们保持着最小的距离，因为非洲牛羚是出了名的容易受惊，他们可不愿引发一场狂奔。为了保证山羊和犀牛们的安全，他们不得不与那些家伙打个照面。

"牛羚有点儿像牛，它们生性好奇。"玛汀解释道，"要是我们现在就避开，它们会很快过来探个究竟。"

没过多久，犀牛们和尴尬的比利已混进了牛羚群中。没有望远镜的话，平常路人是不可能发现它们的。

玛汀愉快地向前走着。昨晚能把犀牛安全藏到山洞里真是个奇迹，劝服哈妮跟随贾布到达回声峡谷也算是个壮举。哈妮如同一只绵羊被牛羚们围在中间，这让它慢慢变得没有耐心了。玛汀知道，它迟早会反抗的，到时候不是引起偷猎人的注意，就是将她和本送进医院，那会是一场灾难。

目前来看，犀牛与牛羚相安无事。本和玛汀的下一个任务是徒步走到布兰德威格的扶壁，在日落时分同飒菲汇合。在这个阳光灿烂的下午，他们边走边欣赏沿途铺展开的风景画卷：起伏的山坡上绿树葱茏，与洞穴密布的砂岩峭壁撞色相接；深蓝的溪流倒映着垂柳，从高山草甸下汩汩流出、冒着泡泡。

国家公园里没有狮子，没有豹子也没有大象，但他们见到了巨型环尾蜥、短角羚，还有一种小羚羊侏羚，它们堪称非洲最雅致的羚羊。飒菲也让他们感知到了那些看不见的野兽、脚下躺着的三叠纪时期的恐龙化石。那些恐龙曾是南非马卢蒂山区王国的统治者。

玛汀完全被迷住了，一时竟忘记他们为什么会在这里。凭借羽毛般柔软的绿叶与桉树般的气味，玛汀辨认出了一种苦艾草。她开始兴致勃勃地讲起如何用它治疗咳嗽、感冒、耳痛及食欲不振。本打断道："玛汀，我们需要集中精力考虑接下来的事情。到了布兰德威格的扶壁顶部，咱们找个路人不常走的地方再把嫌疑人名单过一遍吧。如果这儿发生的事同萨沃博纳的犀牛袭击有关，我们要找出线索来。"

玛汀的心开始怦怦直跳。并不是因为她在攀爬，而是因为自从他们骑着塔乌飞奔出禁猎区后发生了那么多事，她已把对杰登的所有思绪抛诸脑后，如今它们又汹涌而来了。

"当然，随便。"她含糊地说道。

他摸不着头脑地看看她，但没说什么。布兰德威格的扶壁非常受游客欢迎，特别是夕阳西下的时候。那里有一家酒店，因整修而暂停营业，他们可不希望在那里撞见任何人盘问他们。为了保险起见，飒菲按照之前自己常走的路线给他们画了张地图，好让他们避开酒店和那些游人常走的地方。

他们很容易就找到了会面地点。这里很安静，伸出的楔形砂岩又正好挡住了风吹日晒。玛汀坐在岩石上，拿出水瓶喝了一大口。午餐吃的葡萄干和陈年坚果早就消化完了，她的肚子已经在咕咕直叫。他们还剩一罐炼乳，打算等晚餐飒菲归队时再打开享用。

"要是飒菲能来的话……"有个声音在玛汀耳边响起，玛汀立刻把它赶出自己的脑海。飒菲聪慧过人，一定能照顾好自己，她会找到那位生态学家，发完消息平安归来。不用多久，他们便会得到营救。

为了不让自己六神无主，玛汀把注

意力集中到四周的景色上。离日落还有一小时，砂岩峭壁却已经染上了一层淡淡的橘色。

本正用一根木棍在泥地上写出一个个名字："咱们把'星星点点'游客名单再理一遍吧，我想一定还有我们忽略的地方。"

"当时我们怀疑的对象主要是像陈氏夫妇那种嫌疑较大的人。"玛汀说道，"他们住在香港，那里是犀牛角交易的主要市场之一。他们吃中药，并在利亚姆建议给犀牛角下毒起威慑作用时大为反对，可是这些都构不成犯罪。看来，我们应该好好查查那些看似不可能的人了，比方说约翰逊夫妇。"

"我来告诉你谁更不可能，"本说道，"越南芭蕾舞女演员阮安。我怀疑她的黄叔叔哪里不舒服。他看起来有黄疸症状，貌似要么大病初愈要么罹患疾病。你查过他来自哪里吗？"

"没有，但他的名字意外出现在关于阮安的几篇文章里。阮安在偏僻的乡村长大，到西贡学跳舞的费用由他支付。"

本突然打住："她在西贡学习的吗？"

"嗯。"玛汀饥肠辘辘，心神恍惚起来。

"是德克遭遇行凶抢劫，并差点遇害的同一个城市吗？在那里，一个陌生人救了他的命，后来他在胳膊上刺了锦鲤文身以示敬意，还让'逃之夭夭'乐队男生也绣上了同样的文身。"

"是西贡。"玛汀发出低沉而沙哑的声音。一瞬间，她看清了整件事情的真相，虽然没有亲眼见到，她也能想象得到。

现在，她都清楚地记得德克和黄先生晚宴时在幽暗处抽烟的情景。他们待在一起虽然让玛汀他们十分费解，但其实再正常不过了。黄先生在德克危难之际救了他；几十年后，若是越南恩人得了威胁到生命的疾病，想必经纪人德克肯定会竭尽所能去报恩的。

德克依靠自己致富，可假如黄先生没有保险，想要去美国看病或者做手术，这医疗费用都是天文数字。假如黄先生的身体状况持续恶化，也许就不得不求助于亚洲那些非法"特效药"了，例如虎骨和犀牛角。

玛汀怀疑德克试图从乐队账户上"借"钱资助黄先生。不巧这事情被杰登发现了，所以他让他的经纪人"搞定"其所作所为。只是德克什么也没搞定，还把事情弄得更糟了。他精心组织了萨沃博纳的袭击犀牛事件，很有可能还利用了杰登推特上的信息。

她做了个深呼吸："本，有些事我要告诉你。"

接着，玛汀一股脑儿全说了：杰登对犀牛位置会泄露给偷猎贼的顾虑是如何付之一笑的，那条推特又是如何中病毒的。

"我就知道！"本怒视着她，倏忽间形同陌路，"我知道你在藏着掖着些什么，而我不知道的是你对杰登·卢卡斯如此迷恋，甚至为他牺牲了斯巴达和克利奥！"

玛汀泪流满面，泣不成声："不是那样的，非常、非常抱歉。我当时没有意识到，我不可能知道……"

"你当然应该知道。"本无情地说，"恐怖分子能用社交媒体，偷猎贼当然也能。我不想再同你讲话了，这段友谊到此结束。你可以等飒菲来，我要回禁猎区了。格伦可以带我去车站，我要赶火车回开普敦去。"

他一把抓起双肩包，转身就走。

"本，等等！小心身后！"

说时迟那时快，"咝咝"的声音就像来自一个泄了气的皮球，随之迸发的是一坨棕色汁液，只听到本痛苦地尖叫了一声。是鼓腹毒蛇，它长着醒目的菱形斑纹，甩着一身肥硕的米黄线圈，在岩石下摩挲着。

本眩晕着坐下，提起他的工装裤，脚踝上方露出两处齿印，水汪汪的血液和毒汁渗了出来。"我被咬了，玛汀，被咬了。"

23. 美人救英雄

　　玛汀曾经遇到过很多富有挑战性的时刻，可她不曾记得有过这般无助的感受。在非洲，因鼓腹毒蛇咬伤而死的人比其他任何蛇都多。虽然曼巴蛇和眼镜蛇更致命，但鼓腹蛇的毒液量更多，毒性消解得更慢，是最毒的蝰蛇之一，仅仅一百毫克便可在二十五小时内导致一个健康的成年人死亡。本体内摄入了多少？有一半吗？还是两倍三倍？无从得知。

　　不到一分钟，本的左腿就肿大到贾布的那么粗了，整条腿都是茄紫色的淤血，血疱在他的皮肤上扩散。玛汀脱了他的靴子，为他盖上运动衫，给他保暖。她从腾达伊传授的求生训练中学到，鼓腹蛇的毒液是细胞毒素的，所以会破坏细胞。在本的腿上用止血带可能导致坏疽腐烂，甚至断送他的腿。她能做的就是让他躺下，并确保其心脏的位置低于下肢。

　　本痛苦不堪，剧烈的疼痛一阵阵袭来。喘息间，他恳求玛汀原谅他对她那样无情。

　　"不知道是什么……驱使的……我……这……不是……你的……错。"

　　"本，别担心，别浪费精力说话了。保持平静很重要，试着转转脚趾，使血液在你脚上流动。忘记一切，其他的都无关紧要。"

　　本猛地抖了一下，汗如雨下："我……在……乎。玛汀，你是我……最好的……朋友。"

　　"你也是我最好的朋友。"她应道，却变成了自言自语。本突然头一歪，昏迷在卵石堆上，失去了知觉。

　　一只秃鹫从天际俯冲下来，栖息在附近的树上，如同一个挥舞双翼的天使法官，注视着剧情的发展。

　　玛汀惊慌失措，现在她可以留下来陪伴本，等着带手机的游客上山来看日落，或者可以跑下山到酒店尝试找门卫或建筑工来帮忙。可如果她做错了决定怎么办？如果本在她离开的时候撑不住了怎么办？

格蕾丝的话如潮水般涌来："我可以保证的是，天赋绝不会离你而去。"

"可它确实消退了，它走了！"玛汀曾坚持说。

"不，孩子，是你离开了你的天赋。你心中有刺，它阻滞了你的治愈力。但是那刺并不真实存在，只是生长在你心里的缘故。"

"我能做什么改变吗？您能去除这根刺吗？"

"没有人可以代劳。只要你准备好了，它自然就会到来，当你相信的时候……"

玛汀跪在本身旁，手放在盖住伤口沾满血污的纱布上，她要做的只是相信。

玛汀回想起那个晚上，她跑进下雨的夜幕中寻找白色长颈鹿，而所有的人都告诉她，那只存在于她的想象中。与杰米的缘分点燃了她面对生活的希望。治愈力是一种能量的交换，就像杰米救了她，她再救了杰米。她曾在对抗校园恶霸的较量中勇敢地维护本，也正是本的胆量和知识帮她从偷猎人手里救出了杰米。

是爱，让生活变得有意义。

一股熟悉的能量开始绕着她的身体迅速流动。以前她只在动物身上用过治愈天赋，现在要用在她最好的朋友身上。电荷在她体内律动得越来越强。

头顶上方，秃鹫若有所思。

当本的呼吸稳定下来后，玛汀站起身。本的伤口停止渗血了，肤色也恢复了正常，可她不敢冒险说自己做得够了，得想办法尽快打电话呼救。她能想到的唯一办法是做一面旗子来引起公园管理员的注意。

她花了不到五分钟到达布兰德威格的扶壁顶端。在夕阳的映照下，砂岩峭壁镀上了亮橘色的光辉。山谷下，有一个小点在移动，是背包客！玛汀一边将运动衫打结系到树棍上甩动起来，一边担心本苏醒过来，以为她抛弃了他。

"一切都好吧，小姑娘？我可以帮到你吗？"恍如从梦境中走来一位管理员，他手里拿着步枪。

"可以！"玛汀喊道，"帮帮我吧，我的朋友被蛇咬了！"

那人退缩道："什么蛇？在哪儿？"

"一条鼓腹蛇。快来，我带你去找本待的地方。"

管理员无动于衷地说："他是……死了吗？"

"不，没有，"玛汀没好气地说，"要是我们不快点他就真的不行了。拜托能借用一下你的电话吗？十万火急。"

"你的入园凭证呢？"那人突然咄咄逼人地盘问起来。

"我的朋友可能会丧命或失去他的腿，除非把他送去急诊室，你竟还在担心一张凭证？只要等急救队赶来，我们就可以谈费用和公园门票的事了。"

管理员将手指扣到步枪扳机上："你在撒谎，我知道你安的什么心。你是我听说的那几个孩子当中的一个，你们同一些偷猎贼勾结。说，是哪个团伙的？那头角最长的犀牛呢？"

突如其来的危险让玛汀感觉似冰川海啸拍向全身。她担心着本，没有留意到这位管理员的衬衫对他来说小了一号，腋窝下还渗出了一圈圈的汗水。另外，一般管理员使用的武器都很廉价甚至有磨损，有的还用了几十年之久。那人的枪看起来像是刚从军火厂新鲜出炉，近距离观察还能看清那锃亮的枪管。此时枪口正直直地对着玛汀。

"若是你们从任何男女老少的眼中认出蠕虫，流露出对犀牛角金矿的欲望，"格蕾丝告诉过她，"别逞能，别挡他们的道，只管跑吧。"

真是说起来容易做起来难。

"不知道你在说些什么。我和我的朋友来这儿看日落，现在他被蛇咬了，我关心的只是……"

"蛇的事够了！"偷猎贼的手指在扳机上扣了一下，"我想知道你的团伙把长角犀牛藏哪儿了。我数到三，如果你再不说，我就开枪了。"

"假如我是你，我不会那么做的。"本像鬼故事里的幽灵一般突然出现。他的"大象腿"成了噩梦般的紫色，他的衣服沾满了血水和污垢，不过好歹他站起来了。偷猎贼愣愣地瞪着他。

"你不会真想开枪射击孩子吧？会被判重罪的。"

"闭嘴！"偷猎贼缓过神来命令道。他把枪口转向本，"告诉我犀牛在哪儿，否则你和你的小伙伴就要去见上帝了。我不会被判罪，警察会认为这是个意外。"

本挡到玛汀身前："你放了我朋友，她没办法告诉你她不知道的事，让她走。"

"你想让我现在就打死你吗？"偷猎贼硬生生地说，"犀牛在哪儿？问题很简单。"

他一点点地把他们逼到了悬崖边缘。玛汀感到绝望正在吞噬着她，但愿他们能在下面的地上站稳，可那里看着很松软。

"你们干吗那么在乎呢？"偷猎贼怒斥道，"就是头蠢货，又不如小猫小狗那样可爱，告诉我它在哪里就放你们走。你们还是孩子，有大把的好时光等着你们。一头犀牛的命比你们自己的命还珍贵吗？"

"你撒谎，"玛汀说，"况且我们真的不知道。就算我们告诉你这长角犀牛在哪儿，你也会对我们下手的，你只会以金钱来衡量它们的生命。当你花着犯罪得来的不义之财时，是否想过远在中国、越南、也门或者其他地方，某人病重的母亲、父亲、兄弟、爱人将因你而死呢？他们会死是因为像你这样的人送去了犀牛角粉，告诉他们这种和你恶心的指甲盖并无二致的东西能治好他们的癌症、肝病、脑瘤。

"每根角打碎后送往几十家草药铺，再由那些江湖郎中开给数以百计的人。所以每次你砍下犀牛角来，不单单是杀了那头动物，还让所有人对它能救命信以为真。不是犀牛蠢笨，是你。你就是杀人凶手，你就是！"

　　一阵狂风吹来，差点儿把玛汀和本刮倒。幸好他们向前踉跄了一下，没有向后掉下悬崖。伴着震耳欲聋的轰鸣声，一架直升机

掠过山峰，从另一侧呼啸而来。从舱门探出身来的是飒菲和马吕斯·戈斯，博士手中握着一支麻醉枪。

　　戈斯博士瞄准目标，麻醉镖刺中了偷猎贼的大腿。只听那人恼火地大叫一声，失手掉了武器。他的眼里充满愤怒，双手胡乱挥舞着瘫倒在地上。等直升机着陆时，他已鼾声阵阵。

本膝盖发软，费劲地坐了下来。玛汀扑过去，扶住他的肩膀。

"美人救……英雄，有……毁……我……名……声，"他虚弱地喃喃道，"真是的，两个女生……你和飒菲。"

"别犯傻了，"玛汀说，"朋友之间是相互的，你刚还为我挡子弹呢。戈斯博士那出詹姆斯·邦德式的直升机戏码尽管令人敬佩，可你向来是我的英雄啊。"

24. 为自由而战

玛汀回到了萨沃博纳的家，她惊喜地发现克利奥在重症特别护理之下活了下来。此时，它正在房子后边的医院中进行康复。一位著名的野生动物兽医为它的脸做了整形手术，它将需要数月才能康复。在适当的时候，它会获得犀牛角假体替代偷猎者夺走的那根，会是亮粉色的。与此同时，格伦送来了比利与它做伴。

"我确信，克利奥受到袭击之后，你为它做的医治让它活到了今天。"托马斯太太给了玛汀一个拥抱，"兽医告诉我，他从未见过伤势如此重的犀牛恢复得那么快，好像它'被天使吻过'。这是他的原话，不是我说的。"

她对玛汀在金门高地的冒险一概不知。格伦、苏茜、玛汀和本都认为，没必要把恐怖事件带回开普敦，加重人们的心理负担。他们遭遇的武装团伙、面临的悬崖边缘的殊死较量都已经过去，现在一切安好。

"古德温得知维克多与偷猎贼混在一起，失望透顶，但他承受住了，比预想的坚强得多。"格伦告诉他们，"古德温听到过维克多赌博成性的传闻，可因极度渴望侄儿拿到学位，他选择相信那些不过是谣言。对他来说，更难接受的事实是，维克多计划用帮助偷猎贼找哈妮挣得的钱偿还债务。维克多知道古德温从犀牛宝宝时便养育了哈妮，像爱女儿一样爱它。维克多这么做，几乎是终极背叛。假如他的侄子得手杀了它，我认为古德温是无法接受后果的。事已至此，他只能鼓励侄子戒掉赌瘾。不管维克多是否要坐牢，他都将被兽医学院开除。"

维克多的案子是调查组讯问的一部分。巨蟒团伙的偷猎贼与金门高地、萨沃博纳袭击案都有牵连，但只是巧合。他们起初计划在哈妮所在的普马兰加保护区杀它，而戈斯博士先他们一步带走了它。当他们准备放弃并寻找新目标时，维克多通过暗网与他们联系上了，那是流行于犯罪分子之间的秘密网站。

侦探们认为，德克·卡斯韦尔也借助暗网来购买犀牛角。据他们判断，他已就犀牛角谈妥折扣，条件是他能给出犀牛的确切位置。当腾达伊停下车带游客看克利奥、斯巴达和它们的宝宝时，他通过短信发出了定位。短短几小时之后，偷猎贼利用经纪人手机的GPS（全球定位系统）获取了袭击的精确位置。

玛汀紧张地等待着警方公布调查的细节。终于，他们证实玛汀对所发生的事没有责任，她这才长长地舒了一口气。推特发布的时候，他们的恶魔计划已经开始，她或者其他任何人都无法阻止。

萨沃博纳的参观规定也因此发生了改变。从今以后，所有游客进入保护区前务必交出手机或者关机。

令人感叹的是，任凭德克怎么煞费苦心，黄叔离开萨沃博纳后不到五天就因肝癌去世了。如果证明有罪，德克将会面临长期监禁。他告诉记者，他将辞去乐队经纪人的职务以"对付这些毫无根据的不可接受的指控"。

在楼上的房间里，玛汀用褐色宽胶带封上了她床上的箱子，里面塞满了她和本为飒菲整理的书。箱子有一吨重，邮去金门禁猎区要花一大笔钱。不过等玛汀向托马斯太太讲完飒菲和她爸爸的事，以及她本人有多么智勇双全后，托马斯太太恨不得将整个图书馆派送过去。

玛汀觉得事实证明，这世上有一个恶人就有无数高尚之人。比方说戈斯博士，他从鬼门关把他们救出来，又为哈妮、贾布找到了安身之所。

至于把小犀牛送回妈妈的怀抱，还是留在已同它建立起亲密关系的哈妮身边，抉择起来着实艰难。最终，马吕斯和格伦决定，送它去秘密庇护所，与它的领养妈妈生活在一起。在未来几个月乃至数年里，戈斯博士计划重新安置格伦那里所有成年的犀牛孤儿。若要保护它们的物种，这样做是必要的。至于带它们去哪儿，他不肯说。

"我可以告诉你们，但事后我不得不灭口。"他开玩笑道，"我能透露的只有那是在一个有充分安全保障的岛上，是地球人最后才会想到去寻找的地方。如果人类幡然悔悟，不再杀戮这些独特的生灵以索取它们的犀牛角时，我们才会考虑将其迁回非洲。那时，我们将集中力量强化动物基因库，使我们的犀牛生气勃勃、幸福快乐。"

将犀牛运送到世界各地需要一笔巨款，不过"为非洲野生动物而战"慈善机构已经幸运地争取到了资助。拉尔斯，那位比利时猎人，一下子捐了一百万美金。他对戈斯博士讲述，在萨沃博纳看着贾布玩耍的经历促使他放弃打猎，并全身心致力于拯救野生动物。他再也不想夺走任何一个母亲的宝贝，成为剥夺它们天伦之乐的罪魁祸首了。

玛汀躺在床上读飒菲发来的电子邮件，那是飒菲用戈斯博士送她的新笔记本电脑写的。这位慈善机构的会长对飒菲的加密短信印象十分深刻，于是为她提供了南非一所最好学校的奖学金。如果她考试出色，到毕业时"为非洲野生动物而战"的工作将等候着她。倘若她还是"借"东西、玩逃学，就送回她姑姑那里去住。

我想他不是当真的吧，不过我不会去问他。替我问候本，说我希望他的腿早日好起来。你们下周开始上中学了，祝好运哦。可别再浪费睡觉的时间了。你和本挺过了持枪的疯子、咬人的毒蛇、失控的犀牛、失足的兽医学生以及……我。还

有什么比这些更吓人的吗？

爱你，拥抱

你的朋友 飒菲

玛汀打字回道：

你说得对极了。没有什么能超越那些了！感恩一切，我们非常感激你。

你要勇敢地面对生活，我为你骄傲。要微笑，要坚强，要相信一切都会好起来的。

爱你，拥抱

你的朋友 玛汀

"玛汀，你必须来看看这个。"托马斯太太向楼上喊道。

玛汀不情愿地下了楼。她知道电视上在播什么，而她不想看。要是有得选，她早就驾着杰米驰骋在动物保护区里了。

"'逃之夭夭'乐队正在巴黎现场演出呢。"外祖母的声音听起来兴奋得离谱，要知道她已经七十多岁了，"这些男孩子真是才华横溢呀。难以相信，两周前他们刚到访过萨沃博纳，我们在悬崖上共进烛光晚餐。从那刻起，发生了太多太多事，无论对于他们还是对于我们。"

"据报道，杰登对德克的事极为震惊。加上他爱上了非洲，尤其对萨沃博纳的犀牛情有独钟，所以对他的打击很大。他们的公关蒂芙尼早先接受采访时说，等巴黎的音乐会结束了，杰登由于身体原因将休个长假。我猜是因为精神压力，真叫人遗憾。他的经纪人走火入魔要报答黄先生，但这并不是杰登的错。我希望他快点振作起来，难得这么迷人的小伙子还拥有这么华丽的嗓音。"

不知不觉，玛汀已被他们的表演吸引。杰登的词曲依然能触动她的心弦，她还是会被感动。

节目播完后，她出去找本。他正在围场篱笆旁为夏洛梳毛刷洗。

"你的腿怎么样了？"玛汀问。

他抬眼笑道："完全没事了，要谢谢你。我去的医院在克拉伦斯，金门附近。他们给我爸妈打过两次电话，想确认我是否会回去配合一个专题研究。医院从我脚踝咬伤处化验了样本，说组织多半

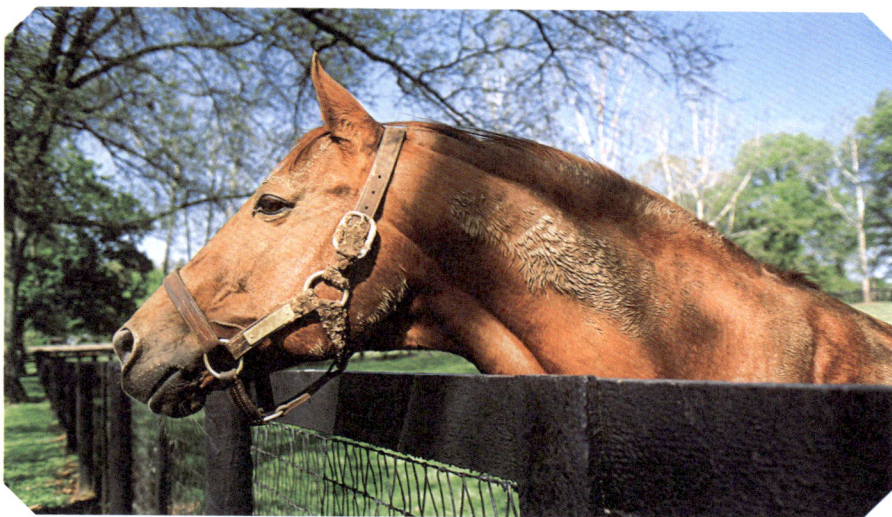

是健康的。医生们备受困扰，他们说即便在我的腿肿大时，也像有某种神秘的化学物质在对抗蛇毒。我解释说，被我最好的朋友医治过。当我告诉他们你和我同岁、并非有经验的巫医时，他们就把我当作调皮捣蛋鬼不理我了。"

本放下硬毛马刷，乌黑的双眼忽然严肃起来："我可以感受到，玛汀，从你手心传出的能量，有如烈焰龙卷风般穿过我的身体，同时有一种不可思议的温柔和……深情，疼痛几乎消失了。之后，我能听到你起身走开。我想大声说谢谢，可我动不了也睁不开眼睛。"

"紧要关头你站起来了，还转移了偷猎者的注意力。"玛汀说，"你可能救了我们俩的命，很开心我也帮到了你。我不确定我的天赋是否会在人身上奏效，或者究竟还会不会起作用。想到也许要失去你，那便是世上最难受的事了。"

他张嘴笑了："玛汀·艾伦，事到如今，难道你不知道已经摆脱不了我了吗？有一件事你永远别想了，那便是失去我。"

"你保证？"

"我发誓。哦，除非我们赛一赛夏洛和杰米，那么所有赌注都一笔勾销了。"

玛汀跟随他的目光望去，杰米正从水塘那儿溜达上来，它的白色夹银色外套在落日的余晖中闪闪发光。他们走向篱笆去迎接它，后面跟着巴索托小马。

"你是说想重赛一场吗？上回我们可是在最后一刻击败了你们。"玛汀嘲笑道。

"我想说，天气预报明天二十五度，天气晴朗，爬上悬崖吃个早餐会很有意思。如果下来时四下无人，杰米和夏洛又想撒开腿风驰电掣一番的话，我们谁能拦得住呢？"

玛汀忍不住笑起来："我接受这个赌局。"

夕阳从天际坠落，洒下无数光芒，四个伙伴并排站在一起。玛汀一手环绕着夏洛，一手搭在杰米柔软的口鼻处，杰登的新歌不断萦绕在她脑海中。每每回忆起巴黎音乐会上他的最后几句话，她心中就百感交集，充满了希望。

"致所有野生动物，今晚处在痛苦中的、笼子里的、偷猎人目标下的、受马戏团老板或其他任何形式伤害的。"杰登靠近麦克风说，"我们聆听它们，我们同情它们，我们想请你们一起，为它们更好的未来而战。请听我们的《自由颂》。"

塞伦盖蒂平原的早晨，狮子向旭日问好。

花豹和跳羚在做梦，猎豹已然在奔跑。

全世界动物的生命，

在人世间遭遇纷争不幸。

笼子"砰"地关上，那是噩梦开启之时。

我们做了什么？

我们想办法做点什么。

最后的犀牛灭亡凋落，

会否有人问罪过？

愿每一个人学着去了解，

自由才是唯一路途。

为时未晚，戴罪立功，

若是唱起《自由颂》。

拉斯维加斯华灯初上，老虎纵身跃入火焰。

狗熊跳舞泪眼蒙眬，猴子脖颈套上电线。

全世界更好的前景，

等候我们自由放行。

笼子大门打开，那是奇迹开启之时。

我们做了什么？

我们想办法做点什么。

最后的犀牛灭亡凋落，

会否有人问罪过？

愿每一个人学着去了解，

自由才是唯一路途。

为时未晚，戴罪立功，

若是唱起《自由颂》。

假如昏睡不醒，不懂爱护，
终将失去荒野宝物。
拥有珍稀不会太久，
唯一的路途，那就是自由。
生来自由，永远自由。

OPERATION RHINO

First published in Great Britain in 2015 by Orion Children's Books.

An imprint of Hachette Children's Group Part of Hodder & Stoughton Carmelite House

Text © Lauren St. John 2015.

Simplified Chinese translation©2018 Zhejiang Photographic Press.

浙 江 省 版 权 局
著 作 权 合 同 登 记 章
图字：11-2016-450 号

责任编辑：裘禾峰
装帧设计：巢倩慧
责任校对：高余朵
责任印制：汪立峰

图书在版编目（ＣＩＰ）数据

犀牛大逃亡：影像青少版 ／（英）劳伦娟
（Lauren St. John）著；卢佳颖译 . -- 杭州：浙江摄影
出版社，2018.4
ISBN 978-7-5514-2142-3

Ⅰ．①犀… Ⅱ．①劳… ②卢… Ⅲ．①儿童小说－长
篇小说－英国－现代 Ⅳ．① I561.84

中国版本图书馆 CIP 数据核字（2018）第 051263 号

犀牛大逃亡（影像青少版）

［英］劳伦娟　著　卢佳颖　译

全国百佳图书出版单位
浙江摄影出版社出版发行
　　地址：杭州市体育场路 347 号
　　邮编：310006
　　网址：www.photo.zjcb.com
　　电话：0571-85170614
经销：全国新华书店
制版：杭州林智广告有限公司
印刷：浙江兴发印务有限公司
开本：710mm×1000mm　1/16
印张：12.25
2018 年 4 月第 1 版　　2018 年 4 月第 1 次印刷
ISBN 978-7-5514-2142-3
定价：30.80 元